DE RAGE ET DE LUMIÈRE

Jeanne Pham Tran

DE RAGE ET DE LUMIÈRE

ROMAN

MERCVRE DE FRANCE

À mes sœurs,
et
à notre mère

« Il faut bien que se créent les abîmes pour que s'y engouffrent les forces vives de la vérité. L'eau ne coule jamais que là où se lézarde la terre. »

XAVIER GRALL
L'inconnu me dévore

« Je voudrais que tu comprennes ce qu'est le vrai courage. C'est savoir que tu pars battu d'avance et, malgré cela, agir quand même et tenir jusqu'au bout. »

HARPER LEE
Ne tirez pas sur l'oiseau moqueur

Lumière d'été

Je me souviens de la lumière. Des montants en inox du lit et du lino gris clair, des murs blancs à la pochette de perfusion transparente se vidant au goutte-à-goutte dans un ronron monotone. De l'immense fenêtre donnant sur le parking. Du ciel d'été. J'ai pensé à un tableau où la vie a déserté. Où ne restent que le silence et un faisceau de lumière. Puis j'ai vu ma mère mi-assise mi-allongée, le corps dissimulé sous une couette synthétique multicolore rappelant les patchworks qu'elle fabriquait pour nous enfants, la bouche entrouverte, les yeux mi-clos, la tête enveloppée dans un foulard indien, renversée sur le côté, effondrée sur les oreillers. Je l'ai regardée comme une étrangère.

Je me suis approchée du lit pour m'asseoir dans le fauteuil contigu. J'ai senti le revêtement en plastique coller à mes cuisses sous ma robe et j'ai pris sa main. Sa main osseuse, gonflée de veines bleues saillantes sous sa peau laiteuse, animée de tressautements inquiets, de spasmes microscopiques. Son poignet cerclé d'un petit bracelet en plastique portant son nom, comme pour les nourrissons placés en couveuse. Son pouls battait doucement. Je ne voulais pas la réveiller, j'espérais que son corps ressente ma présence. Qu'un fluide invisible passe au travers de nos épidermes.

Nous étions l'une à côté de l'autre, je tenais sa main dans la mienne, et ce qui nous éloignait me paraissait infranchissable. Ce corps étendu, inerte, cette odeur de souillure et d'éther, ce n'était pas ma mère.

La tête enturbannée de rose, de mauve, de bleu, elle dort. Sur ses lèvres amincies, un imperceptible sourire las. Ni ma présence ni le soleil d'été éclaboussant la pièce n'y peuvent rien. Ce que je vois, c'est un corps seul, un corps gelé, que je n'arrive pas à réchauffer.

Saint-Malo

En quelques minutes, le décor a changé, passant de l'émeraude au gris anthracite. Comme dans un film, les variations de lumière produisent du mouvement. Les projecteurs soulignent les anfractuosités, dessinent les fêlures, s'engouffrent dans les déchirures. Le paysage prend ici des libertés qu'on ne lui connaît pas ailleurs. Les premières gouttes de pluie dispersées éclatent comme des billes d'eau sur les pare-brise des voitures. Je marche au pas de course vers Le Vauban. L'averse se déclenche finalement au milieu du parking, à quelques encablures du cinéma. Il ne manque plus qu'un bord à tirer pour atteindre le bâtiment quand le grain noir s'abat sur le macadam avec fracas.

J'entre en hâte dans le cinéma. Une architecture des années 60, rampes en tubes métalliques jaunes et rouges, pentes douces facilitant l'accès aux fauteuils roulants. Un décor qui détonne avec la pierre austère de la ville fortifiée. Dans le film, il est question de marins-pêcheurs. Je sors de la salle obscure au bout d'une demi-heure, déçue, sans colère mais avec le sentiment que la vie soudain a un goût fade et sans surprise. Alors, dans un mouvement de lassitude, je pousse la porte de la salle voisine. Simplement animée par l'envie de me laisser surprendre, de voir un film dont je ne sais rien. De faire advenir l'imprévu, l'accident, le hasard. L'aventure presque. La salle de cinéma est déjà plongée dans le noir, je descends quelques marches à tâtons et prends place sur l'un des strapontins en velours. Le film commence aussitôt. Il s'appelle *Docteur Jack*.

Le synopsis est simple, calqué sur les vies de Jack. Il en a traversé plusieurs. Né en Angleterre dans une famille juive de petits commerçants, étudiant brillant à Oxford, il est devenu fermier au pays de Galles avant de commencer sur le tard des études de médecine. À 43 ans, il part au Bangladesh comme volontaire pour aider les réfugiés de la guerre avant de fonder à Calcutta sa propre ONG. Il soigne depuis trente-neuf ans les oubliés. Son histoire est un mélange de roman d'aventure et de saga humanitaire. Un preux chevalier du XXIe siècle.

Dans le documentaire, on voit l'homme arpenter les

bidonvilles, seul Blanc parmi les Indiens. Vêtu d'une chemise à manches courtes, d'un pantalon trop large, un sac à dos jeté sur l'épaule, il marche sous les ponts, les échangeurs routiers, au bord du Gange. Sa longue silhouette s'incline. Il s'accroupit pour se mettre à la hauteur de ceux qui rampent ou n'ont pas la force de se lever. On le voit monter une clinique de fortune à partir de piquets en bambou et d'un morceau de bâche dans la ville grouillante d'éclopés. Il est l'un des fondateurs de la *street medicine.* C'est presque un saint dans la cité de la joie. Il a tout pour faire un scénario hollywoodien.

Pourtant, ce qui m'attire dans ce film, ce n'est pas le bon Samaritain, mais la résistance de l'homme face à la caméra, son air de vieux loup de mer à qui on ne la fait pas. Cet orgueil un peu forcé, affranchi de tout besoin de reconnaissance. Il ne se gêne pas pour envoyer promener la caméra et lui tourner le dos. *You waste your time making a movie about me,* ronchonne-t-il. Il se fout de la publicité potentielle que le film peut lui faire. À plusieurs reprises, il fait non avec son doigt, se cache le visage d'une main, se baisse pour passer sous le champ de la caméra, s'échappe dans la pièce d'à côté. Il répète : C'est défendu, en français avec un très fort accent anglais. Il dit : *Turn off this fucking camera !* Éteins cette satanée machine ! On entend Sister Cyrille, une imposante religieuse irlandaise au visage bouffi enserré dans son voile de nonne, raconter ses relations difficiles avec Docteur Jack. De la détermination, il en a, dit-elle, mais, *for God sake*, quel caractère !

À la fin de la projection, Benoît, le réalisateur, raconte

comment il s'est disputé avec Jack pour tourner le film. Il a mis vingt-sept ans. Benoît venait de terminer sa formation pour devenir boulanger, il avait pris une année sabbatique pour faire le tour du monde quand il a rencontré Jack. Il a vu cet homme sur un trottoir à Calcutta et il a oublié son road trip et son four à pain.

Je sors du Vauban un peu sonnée, dans cet état de lévitation qui nous enveloppe après un film, entre l'engourdissement et le désir de prolonger les sensations de l'image, de ne pas revenir trop vite au réel. Je longe le Sillon, me laisse hypnotiser par le ressac des vagues, leur lente progression sur la grève, leur grondement sourd. On dirait qu'elles se réservent avant de prendre leur élan, de venir se fracasser sur les brise-lames, dans un bruit mat, scintillant.

Dans le film, Jack répète qu'il n'est qu'un homme ordinaire. Je ne l'ai pas cru. Je suis allée voir. J'ai voulu me frotter à sa rugosité. Fouiller, tâter, renifler la bête derrière l'homme. On ne rencontre pas deux fois dans sa vie un tel personnage. Un héros refusant de jouer son rôle. En sortant du cinéma, je n'avais qu'une idée en tête : aller à Calcutta rencontrer Jack. Partir. Cette pensée m'a traversée comme on s'accroche à une bouée de sauvetage.

J'étais prête à batailler un peu pour lui faire sortir ce qu'il avait dans le ventre. À 87 ans, il finirait bien par lâcher quelque chose.

« *Dear* Jeanne, vous perdez votre temps. Il n'est pas question d'écrire une biographie ou je ne sais quelle bêtise sur ma personne », m'écrivait Jack après quelques échanges musclés dans lesquels je lui faisais part de mon désir de le rencontrer et pourquoi pas d'entreprendre l'écriture d'un livre.

« Je regrette, mademoiselle, je n'ai rien à dire aux *publishers*. Faites-vous rembourser vos billets d'avion. Mais ne venez pas m'importuner à Calcutta », me répondit-il encore après que je lui eus envoyé mon billet en guise de promesse.

J'ai débarqué au mois de septembre dans ce mélange de poussière, de pourriture, de santal, de chaleur moite, de jasmin et de quelque chose de légèrement beurré et entêtant. Chaque pays a son odeur que l'on perçoit en descendant de l'avion si l'on débarque directement sur le tarmac ou plus tard en sortant de la bulle aseptisée de l'aéroport.

Le chauffeur de taxi a posé mon sac sur la banquette arrière et pris soin d'actionner, grâce à un cordon, un minuscule ventilateur astucieusement fixé derrière le fauteuil avant du passager. La jeep a démarré en cahotant sur l'asphalte perforé de palmiers.

La fin de la mousson et le commencement de la nuit forment une masse noire déjà incandescente. Les bleus, les roses, les verts des enseignes au néon font crépiter l'air pâteux. Je montre au chauffeur une adresse griffonnée dans mon carnet : 30 Govinda Auddy Road, dans le quartier de Chetla où habite ma sœur Louise depuis quelques mois pour une mission humanitaire. Il sourit en dodelinant doucement de la tête, comme ces automates de chats qui saluent le passant à travers les vitres des restaurants japonais.

Dans le crépuscule moucheté de lumières aveuglantes, un hôtel de verre surgit sur la droite. De l'autre côté de la voie surélevée, en face du Hyatt rutilant, une montagne de détritus se découpe en ombre chinoise sur le ciel rose. Sans l'odeur, on pourrait croire à une installation d'art contemporain. Mais la puanteur acide de la décharge géante imprègne toute la voiture. Entre le palace et la décharge, nous passons au ralenti sur la voie rapide.

Avant de venir, je ne savais rien de Calcutta, je n'avais pas vu *La cité de la joie* ni lu les *Mémoires* de mère Teresa. Je suis venue pour un homme, pas pour un lieu. Le fabuleux destin de Docteur Jack. J'entends déjà les commentaires ironiques : placez ensemble des pauvres et un médecin dans un décor de bidonville indien... Sans parler de tous ces documentaires qui fleurissent pour nous tirer des larmes, de la culpabilité, ou encore de l'argent sous forme de dons mensuels. Non, les bons sentiments ne fraient pas avec la littérature. À quoi rime alors cette virée au Bengale ?

À peser le pour et le contre, le choix est vite fait. Tout ce que je gagnerais serait d'attraper le palu ou la gale. Certains m'avaient décrit une ville fourmillante d'enfants mendiants et de lépreux, un mouroir gigantesque. D'autres, plus sarcastiques, m'avaient fait remarquer que, côté cour des miracles, nous n'étions pas en reste : Calais n'était qu'à deux heures de Paris en TGV. Au moment de tout laisser tomber, je me suis ressaisie. Et si j'y allais pour rien ? Pire, en sachant que c'est perdu d'avance. Avec pour seule certitude celle de fuir Paris.

Chez Gustave

Sept ans auparavant, le mot tabou était entré dans notre quotidien. Le dictionnaire est précis dit-on : « Du sanskrit, *karkata* qui signifie écrevisse, crabe, dont découlera le grec *karkinos*, le crabe, un chancre, une tumeur mais aussi une pince, une tenaille, un instrument de torture, et le latin *cancer*, crabe, écrevisse ». J'ai pensé aux pinces de l'animal se refermant, à l'aiguille du compas qu'il ne fallait pas se planter dans le doigt en cours de maths, à un monstre dévorant les entrailles. Je débarquais de quatre années en Chine quand ma mère nous a annoncé qu'en lui enlevant la vésicule biliaire, opération bénigne, le chirurgien avait remarqué une dégénérescence cancéreuse. Certains ont dit alors que j'étais rentrée au bon moment. Je suis passée de l'aéroport à l'hôpital sans transition, en me disant que ces lieux n'étaient pas dépourvus de points communs.

À quoi tient la vie, une maladie, prendre ce vol plutôt qu'un autre, ce chemin-là plutôt que celui-ci ? En termes de vols, notre mère avait pris un très long-courrier, pour une destination inconnue, et nous étions embarquées avec elle, quelque part dans la soute.

Avec mes sœurs, on a d'abord cru que ça y était, tout

s'arrêtait, la vie était finie. Puis, la routine avait bizarrement repris le dessus. Sans qu'on sache très bien comment, la vie a continué, à son rythme frénétique, avec ses corvées, ses urgences pratiques, son quotidien mesquin, parfois apaisant. Ne plus penser à rien, se laisser conduire par le train-train. En pilote automatique. Les rares moments de lucidité éclipsés par l'habitude.

Notre mère allait une fois par semaine « chez Gustave » pour faire des « chimio ». On lui demandait comment allait Gustave pour rire, et elle en parlait comme d'un amant imaginaire. L'Institut Gustave-Roussy – ça ne s'invente pas un nom pareil pour un centre de cancérologie – est un immense bâtiment en béton percé de fenêtres en aluminium, construit dans les années 70. Le bloc forme un L autour d'un parking au bitume défoncé, une cafétéria vendant des sandwichs sans goût au rez-de-chaussée, un piano à disposition dans le hall du fond – notre mère aimait s'installer à côté pour écouter des morceaux joués par des visiteurs –, et partout, des malades traînant leur perfusion sur des perches à roulettes, en fauteuil, assis en rang d'oignons ou carrément allongés sur des brancards. Tout cela dans une atmosphère diaphane, un mélange de lumière du jour et de néons se réfléchissant sur les murs blafards, d'eau de javel et d'antiseptique, de caoutchouc grinçant sur le sol plastifié et de ballet de blouses blanches.

Nous avons vécu ainsi pendant sept ans, dans cet état de balancement, entre clairvoyance et aveuglement. Je ne croyais pas en venir à penser un jour que l'ignorance pouvait être reposante. J'avais toujours défendu avec ardeur les voies de la raison, persuadée qu'il vaut toujours mieux savoir que de fermer les yeux. Et soudain le cancer est entré dans notre vie. Je n'ai pas cherché à savoir ce que ça signifiait, ce qui nous attendait, ce qui l'attendait elle surtout.

Il y a eu des vagues d'espoir, des rechutes, des moments de vie presque normaux, des éclats de rire, des larmes, des poitrines étouffées de silence. Et l'habitude.

Au pays de la réincarnation

L'oncologue avait dit deux ans.

Deux années à vivre.

Peut-on étirer le temps, les jours, les nuits ? Grappiller quelques secondes dans les étoiles ? Puisqu'il faut vivre intensément. Puisqu'il n'y aura pas de seconde chance, de procrastination possible, notre mère a décidé que nous irions en Inde toutes les quatre : elle, mes deux petites sœurs et moi. Le médecin a opiné du chef :

— Si vous en avez envie, alors il faut le faire maintenant.

Ce voyage n'avait pas le goût âcre de la fin, au contraire, nous débordions de joie. Nous étions encore en vie. Le mot « sursis » a pris tout son sens. En apnée entre deux chimio, nous avons fait nos valises. Tandis que notre entourage criait à notre inconséquence, notre mère, par précaution d'hygiène, a emporté des mini-couverts de voyage et des pastilles pour désinfecter l'eau. On n'est jamais trop prudent.

Il était trop tard pour protéger, hésiter, et même s'inquiéter. La sagesse voulait justement qu'on cesse d'être raisonnables. Le temps était compté. J'ai senti pour la première fois son épaisseur – du papier de riz –, son goût de bois brûlé, son bruit d'ossements, son visage décharné. Cette question proustienne, physique et philosophique, a pris subitement forme d'une façon énorme, irréversible. Il n'y avait plus que ça à faire : ne pas – ne plus – perdre de temps. Et risquer de vivre.

Ironie du sort, nous nous envolions vers le pays de la réincarnation, où la mort précisément sonne le moment de la libération.

Petites sœurs

Nous n'avons pas toujours été très proches entre sœurs. Pudiques et secrètes, nos vies gravitaient autour de cet axe central incarné par notre mère. Il n'y avait pas de conflit, seulement le sentiment que je ne partageais peut-être pas grand-chose avec elles hormis de doux souvenirs d'enfance, nos cabanes dans les coussins carrés du salon, nos départs en vacances, le goût des madeleines au miel sur la route de Brignac et la première qui voit la mer quand on partait en Bretagne. Nous étions nées avant les années 2000. Nous faisions partie de cette génération ayant grandi entre des cassettes VHS, une platine vinyle dans le salon, le Minitel puis l'énorme PC trônant sur la mezzanine à côté du piano, Zebda, la Macarena et les Spice Girls, Internet et les premiers téléphones portables, la Coupe du monde de 98 et la chute des Twin Towers.

Avec l'adolescence, nous avons pris notre envol. Mes sœurs étaient dans le concret, la vie réelle, le social et l'humanitaire. Je flottais dans un monde parallèle, celui des livres. Tandis que je pratiquais le yoga et la lecture à haute dose, croyant que la méditation et la beauté des mots pouvaient nous sauver de la médiocrité humaine, elles partaient au combat, dans la rue, en maraude ou en distribution de repas, colleuses de la nuit, toujours sur le terrain, au four et au moulin pour trouver des solutions d'hébergement, de scolarisation, de formation, d'emploi, de prise en charge médicale, de régularisation de papiers.

À notre retour d'Inde, la progression du cancer de notre mère s'était stabilisée. Elle n'allait plus qu'une fois par semaine « chez Gustave » et avait même repris son travail à l'école. Mes sœurs avaient donc décidé de partir à leur tour – Juliette en Roumanie, Louise en Inde. Pour travailler dans des ONG.

Aussi, je n'osais pas leur dire tout ce qui m'habitait, tout ce qui bouillonnait en moi dans le bus 380 reliant la gare de Laplace à l'IGR. Le paysage de la banlieue parisienne défilait à travers les vitres sales. J'observais avec dégoût tout ce qui m'entourait. Le béton et la verdure géométriquement ordonnée me renvoyaient à mes empêchements. À mon égoïsme et à mes angoisses. J'oscillais entre la colère et un sentiment honteux d'abandon, entre le rôle de la sœur aînée rassurante et mon impuissance, ma solitude.

Fallait-il demander à mes sœurs de rentrer ou les tranquilliser ? Devenir par mes mots source d'inquiétude ou les préserver ?

Nous n'avions aucune idée de l'évolution du cancer. L'être humain est imprévisible, répétaient les médecins. La médecine n'est pas une science exacte. Des deux ans de survie – de sursis – escomptés, nous étions passées à six années. Notre mère avait coiffé la mort au poteau, haut la main, sans même se retourner. Elle avait traversé ces six années avec l'intensité d'une étoile filante, une fusée à réaction. Puis les temps soudain s'étaient assombris au moment où mes sœurs avaient pris leur envol. Je me retrouvais de nouveau chez Gustave, avec notre mère. Mais cette fois-ci sans mes sœurs.

Le coin en bas de la photo

— Je veux partir mais je n'y arrive pas.

J'étais assise sur le fauteuil en cuir souple de la psychologue. Elle m'observait, de l'autre côté de son grand bureau familier, surchargé de dossiers et de post-it, à la fois imposante et douce. Immanquablement, mes yeux dans ce bureau se tournaient vers une photo étonnante accrochée au mur. J'étais fascinée, non par le sujet de la photo, mais par l'angle, le cadrage sans aucune perspective. En réalité, on ne voyait presque rien sur cette photo. Un bout de pavement de rue, un fragment de mur en béton, et dans l'angle de la photo, un pot où s'épanouissait une fleur très rouge. Dans les cabinets des médecins ordinaires, une banale reproduction, de préférence un Monet ou un Kandinsky, veille en silence sur les patients. En y pensant, cette photo racontait quelque chose du métier de thérapeute, le regard qui va chercher ce que les autres ne voient pas. Le coin en bas de la photo.

— Et pourquoi ? a-t-elle dit simplement.

— Mes sœurs ne sont pas là, je ne peux pas laisser notre mère toute seule.

— Elles vont bien rentrer à un moment… Et votre mère n'est pas seule. Elle est à l'hôpital.

— Je n'ai pas le choix, je ne vais pas la laisser comme ça !

— Ce n'est pas une question de choix, mais de mesure. C'est naturel de vouloir être auprès de votre mère pour l'accompagner dans cette épreuve. Mais c'est tout aussi naturel de ressentir le besoin de fuir, de ne pas supporter cette épreuve. Et de la refuser d'une certaine manière. Vous avez le droit d'éprouver de la souffrance, de la résistance. Et vous avez le droit de prendre du recul, de reprendre des forces pour mieux revenir auprès d'elle. Je ne crois pas que vos sœurs soient indifférentes à ce qui se passe. Je crois même que cette façon qu'elles ont de « s'occuper des autres », comme vous dites, c'est encore une manière de s'occuper de votre mère, et peut-être de ne pas céder au désespoir.

J'ai appelé mes sœurs. Je leur ai dit :

— J'ai besoin de partir, je vais aller à Calcutta rencontrer ce médecin, est-ce que…

— Alors, on arrive. On va prendre le relais.

Je me souviens de leur ton. C'était simple, évident, sans appel. Il suffisait de demander. Juliette est rentrée de Roumanie en septembre, juste après mon départ. Louise m'a attendue à Calcutta, a passé quelques jours à mes côtés avant de rentrer à son tour à Paris.

Fuir

Un jour, à Shanghai, un ami m'avait posé cette question : Et toi, qu'est-ce que tu fuis ? Je l'avais regardé, étonnée. Certes, nous avions tous de bonnes raisons d'être là, pour les études, le travail, l'amour du voyage ou l'amour tout court… Mais si nous creusions au plus profond de nous-mêmes, nous réalisions que nous n'étions que de pauvres fugitifs. Des égarés s'imaginant que *là-bas* nos problèmes s'évaporeraient, qu'il suffisait d'avoir trouvé sa place, sa destination, pour être en paix.

C'était dix ans auparavant, j'avais pris la fuite en partant étudier en Chine. Quitter la maison s'imposait. Fuir les cris et le silence, les non-dits, les mots tranchants comme des couteaux, les enfants en étau dans le bras de fer quotidien des parents. Nous étions avec mes sœurs les spectatrices de leurs luttes intestines. Au lieu de les souder, le cancer les avait séparés davantage. Chacun s'était retiré dans sa tranchée. On dit souvent en psychanalyse que le couple forme un troisième personnage, en sus des deux protagonistes déjà en jeu. Ce personnage fictif peut aussi bien être une version améliorée qu'une version dégradée des deux êtres. Dans le cas de nos parents, c'était hélas la deuxième option qui avait prévalu.

Le cancer puis le temps avaient peu à peu déplacé la noirceur en la seule personne de notre père. Ce n'était pas de la violence physique dont il faisait preuve envers sa femme, mais un acharnement psychologique. Il s'était soudain mis en tête de divorcer, de vendre la maison et d'obtenir une part supérieure à son épouse. Il répétait : J'ai le temps avec moi. Ou encore il se plaignait auprès de nous : Avec tous ces cartons de médocs et de perfusions, la poubelle déborde. Quant à nous, ses filles, il se considérait comme notre créancier. Nous lui devions tout. Si l'on poussait sa logique jusqu'au bout, il aurait fallu comptabiliser chaque jour passé sous *son* toit pour lui rembourser au centime près tout ce que nous lui avions coûté, depuis nos couches jusqu'à nos études.

Nos relations avec notre père se sont distendues au point de devenir elles aussi quasi inexistantes. De là ont découlé nos fuites respectives. Je ne dis pas que nous n'étions pas intéressées par ces pays à découvrir, par ce qu'on allait y faire. Mais il est évident que nous avons chacune fui aussi quelque chose. Comme tant de voyageurs, comme Jack, comme vous peut-être. Nous nous racontons tous une histoire sur nous-mêmes. Mais nos fuites dessinent nos vies plus sûrement que bien d'autres décisions.

Le regard perdu dans le reflet aveuglant de mon visage sur la vitre de la jeep, je ne sais plus très bien au fond de moi qui, de Jack ou de Louise, je viens voir. Et si je ne fuis pas surtout la chambre d'hôpital où, chaque jour, ma mère maigrit un peu plus. Et si, plus que ma mère, ce n'est pas *ma-mère-en-train-de-mourir* que je fuis.

Dans la nuit indienne, le chauffeur me conduit au cœur des ruelles étroites et tortueuses de Calcutta, jusqu'à la maison que Louise habite avec d'autres membres de son association. Dans la rue se dresse un immense échafaudage en bambou dont les jointures sont fixées par des lambeaux de sari étincelants dans les phares de la voiture. À l'intérieur de cette structure de baguettes, les contours d'une statue emmaillotée de draps blancs.

Soudain, Louise sort d'une impasse mal éclairée. Nous sautons dans les bras l'une de l'autre. Il est évident à cet instant que c'est pour elle que je suis là. Notre joie est si grande qu'elle justifie tout.

Une odeur de foin

Les turbulences de la ville nous réveillent. Je découvre, dans la semi-pénombre entretenue par les persiennes, la chambre de Louise, tigrée de lames de lumière. Huit mètres carrés environ, de hauts murs et deux fenêtres aux volets continûment fermés pour se protéger de la chaleur. Nous empilons nos matelas à même le sol dans un coin de la chambre. Sur le fil à linge qui traverse la pièce sont suspendus les vêtements de Louise. La chambre exhale une douce odeur de foin et d'humidité. Ma sœur fait mine de s'offusquer :

— Dis tout de suite que je vis dans une écurie !

Louise, c'est la petite dernière. Elle a la peau très pâle, aristocrate, comme notre mère, les cheveux châtain clair, les yeux presque verts et plus bridés que Juliette et moi que l'on surnommait Mowgli à cause de nos têtes brunes, de notre peau mate et de notre manie de grimper dans les arbres. Petites, notre mère nous avait fait couper les cheveux très court, à la garçonne. Elle prétendait que c'était une façon de les fortifier. Nous avions l'air de petits Indiens, il ne manquait plus que la jungle et les carquois. Nous ne serions pas des mijaurées ni des chochottes, disait-elle, soucieuse de nous prodiguer une éducation à l'inverse de celle qu'elle avait reçue chez les bonnes sœurs, nattes serrées et robe cintrée.

Louise m'accompagne chez Jack. L'ermite m'a finalement donné son adresse, sans omettre de repréciser que je perdais mon temps. 10 Nilmoni Mitra Street, près de Girish Park, a écrit Jack. J'aime la sonorité des mots qui claquent sous la langue. Comme souvent à Calcutta, le lieu est presque introuvable. Mais tout réside dans le « presque » et dans l'opiniâtreté de celui qui cherche à rejoindre son but. Dans le dédale des ruelles, j'essaye de fixer des repères : une maison rouge un peu délabrée, un mur dévoré par un tronc d'arbre, un petit autel pour les divinités coincé entre deux immeubles… Des vendeurs assis à même le sol présentent leurs fruits et légumes en vrac. Louise s'approche d'un monticule de noix de coco, en désigne une du doigt. Une vieille dame aux doigts noueux, accroupie et pieds nus, parée d'un sari vert citron, tend un bras décharné jusqu'à la noix et saisit de l'autre main une machette. D'un coup sec, la femme-sauterelle tranche le calot et plante une paille dans le globe percé qu'elle présente à Louise. Le liquide blanc a un goût amer.

Au bout de la rue, nous faisons halte devant un marchand ambulant. Le chariot à roulettes est agrémenté d'une plaque chauffante suintant de graisse. L'homme s'agite derrière le fourneau : il casse un œuf dans un verre en inox, attrape une échalote dans un sachet accroché sur le côté du chariot et, sur le rebord d'une planche érodée, il épluche puis émince le bulbe strié de veines roses. Il jette les copeaux d'échalote dans le verre, saisit une fourchette dans la poche de son tablier et se met à battre énergiquement l'œuf et l'échalote saupoudrés d'épices. Le mélange prêt, il le verse dans la vieille poêle luisante de gras qui se met aussitôt à crépiter. L'homme coupe en deux des petites brioches et les écrase dans l'omelette encore liquide. Le repas est prêt. Tout cela en une poignée de secondes et avec une dextérité digne de la statue aux dix bras. En guise d'assiette, notre cuisinier saisit un plateau en inox coincé contre les montants du chariot, se penche vers l'arrivée d'eau surgissant du trottoir, ouvre le robinet, et passe la tablette sous l'eau avant de nous servir nos deux brioches. Enfin, il nous tend un *chai* dans des gobelets en terre cuite plus petits encore que des verres à saké. Bien que cassés par endroits, ces verres lilliputiens sont fabriqués avec une telle finesse qu'on craint qu'ils ne se brisent dans la main. Une fois le thé bu, l'homme nous fait signe de lancer nos tasses dans le caniveau où s'amoncellent déjà bien des choses.

Régulièrement, des éboueurs collectent ces débris de terre cuite, recyclables à l'infini, paraît-il.

Sonagachi

À Girish Park, nous débarquons en plein « quartier rouge ». Sonagachi est la plus grande zone de prostitution de toute l'Inde. Sur l'avenue bondée, des vieilles femmes vendent à même le sol des tas de vêtements d'occasion tandis que des jeunes filles népalaises, bihari et bengla traînent sur le trottoir, la mine boudeuse et les étoffes tapageuses. Nilmoni Mitra Street, vous connaissez ? On nous indique le nord. Entre la station-service, les échoppes d'alcool et de téléphones portables, les filles, encore des enfants, sont habillées à l'occidentale, mini-short et débardeur, pas de sari comme leurs mères. Elles parlent entre elles, pianotent sur leurs téléphones, gloussent de rire. Je remarque une façade décatie :

— Un théâtre ici ? je demande naïvement.

— Pas du tout ! s'exclame Louise. C'est un cinéma porno.

Les affiches, style porno vintage, entre le roman-photo et l'esthétique Bollywood, s'avèrent en effet assez suggestives. Un vrai décor de film des années 60. Sans parler des bonshommes faisant les cent pas devant le bâtiment, la cigarette aux lèvres, comme en attente du « clap » du cameraman pour commencer à jouer leur rôle. Ils nous observent, l'œil éteint mais sans gêne, la peau luisante, la chemise entrouverte, les mains dans les poches de leurs pantalons, nonchalants. Ils me font penser à certaines séquences de cinéma très lentes, où l'espace et le temps se font face, où le silence étire l'image. Pourtant, ici, ça grouille, ça klaxonne, ça s'agite dans tous les sens. Mais, l'espace d'un instant, tout s'arrête. Le tableau apparaît. Il y a le cinéma vétuste et ses couleurs criardes au fond, les hommes d'un côté, les femmes de l'autre, chacun en attente, dans un face-à-face où le désir déjà a été épuisé.

À la différence d'autres mégalopoles, Calcutta a conservé sa structure ancienne, tortueuse, ses bâtisses autrefois luxuriantes aux peintures défraîchies. Comme ces vieilles prostituées dont le regard vous excite encore malgré l'effondrement des chairs. La ville n'a pas encore été liftée par la modernisation, la verticalité froide. La moitié des habitations ne possèdent pas d'adresse et sont situées dans des zones bâtardes à mi-chemin entre le terrain et la ville.

Le 10 Nilmoni Mitra Street est une maison peinte en bleu. En guise de porte, une grille fermée à clé. Nous appelons à travers les barreaux. Un Indien, tout petit, torse nu et ventripotent, s'approche dans l'obscurité. Ce n'est pas Jack, indubitablement. Il nous parle à travers la grille en suant à grosses gouttes. Commence alors un dialogue de sourds entre Louise et lui en bengali. Je me dis pendant un instant que c'est un mauvais tour de Jack : m'avoir confié une fausse adresse, au milieu des bordels de Calcutta, pour me dissuader d'aller plus loin. Nous répétons « Docteur Jack » et le bonhomme hoche la tête dans tous les sens. Louise me jette des regards dépités. Après des palabres et des soupirs de découragement, la grille pliante s'ouvre. L'homme nous fait signe de le suivre à contrecœur. Nous pénétrons dans un couloir étroit aux murs jaunes et bleus. Une forte odeur de térébenthine me saisit en même temps que l'obscurité, et me rappelle celle des feuilles de manguier quand on les froisse. Nous traversons une série de pièces de guingois, sans fenêtre parfois, sans meuble, aux murs ornés de dessins d'enfants. Une école. Le bâtiment est un imbroglio de toutes petites salles.

La lumière et l'air parviennent dans les classes et les couloirs par de rares claires-voies. Il n'y a pas d'ampoule électrique, si bien que nous avançons à tâtons. En gravissant les marches tachées de grandes éclaboussures rouges, crachats de mâcheurs de bétel, j'hésite soudain. À quoi bon venir agacer cet homme ? Pourquoi infliger ça à ma sœur qui n'est plus là que pour quelques jours ? Finalement, notre éclaireur s'arrête au deuxième et dernier étage de la maison, tout essoufflé de l'ascension. Par cette chaleur, le moindre mouvement produit des flots de transpiration. Le petit homme nous indique du doigt la double porte et redescend à toute vitesse.

Nous échangeons avec Louise des regards interrogateurs. Je finis par frapper à l'une des portes en bois. N'entendant pas de réponse, j'entreprends de pousser les deux battants vert bouteille et grinçants. Baissant la tête pour ne pas nous cogner au cadre supérieur de la porte, nous enjambons l'une derrière l'autre le seuil surélevé avec l'impression d'entrer dans une boîte.

Soudain, Jack apparaît, la main appuyée contre le mur

de l'étroit corridor, encombré de linge suspendu à des fils. Il tourne la tête dans notre direction mais pas tout à fait, un peu à côté, comme s'il cherchait d'où vient le bruit.

L'animal

Ses yeux bistre, encore très vifs – peut-être étaient-ils verts autrefois –, éclairent son long visage. Malgré la pénombre, je distingue son front large tacheté de lentigos et strié de fines rides, son nez prononcé et ses grandes oreilles, ses lèvres épaisses. Quelques cheveux blancs s'accrochent encore à l'arrière de son crâne – il en a perdu depuis le tournage du documentaire. Des petites poches soulignent son regard. Un regard perçant, affûté, malicieux. Le buste droit, il a conservé une certaine allure.

Sur le seuil, je prends une grande inspiration et me présente. Le vieil homme s'agite en maugréant, fait mine d'être surpris, s'approche. Sur la défensive, tel un animal protégeant son territoire. Peut-être espérait-il que je ne trouverais pas l'endroit.

— Vous avez vraiment du temps à perdre, commence Jack.

Il sort de convalescence. Il a fait un malaise en août et a gardé le lit plusieurs jours. Malgré sa difficulté à se mouvoir dans le couloir étroit, en se tenant aux murs et aux meubles, il a la parole vive et un accent anglais distingué qui détonne avec les lieux.

— Que les choses soient dites, je ne veux pas d'une

biographie ou de ces livres qui vous figent et vous enterrent ! Le *Father* de Calcutta, le héros humanitaire, *never* ! Du *blablabla* ! grommelle Jack. Qui a besoin de ce genre de fables défraîchies ?

Je reste muette. Jack poursuit en nous tournant le dos :

— Vous comptez rester combien de temps ici ?!

— Ça dépend…

— Comment ça, ça dépend ?! rugit-il.

— Ça dépend de vous, je réponds doucement.

— Ah… Je ne vous dirai rien. On écrit la biographie d'un homme mort, mademoiselle ! Oh, ils ont bien cru m'enterrer le mois dernier. J'ai vu tout le monde défiler. On n'était pas loin de m'administrer l'extrême-onction… Mais je suis là !

Puis Jack grogne sur un ton qui ne laisse pas de place à la contestation :

— Bon, maintenant que vous êtes là, asseyez-vous.

Une chambre en Inde

Il désigne deux fauteuils brinquebalants. Louise, effarouchée par l'accueil de Jack, n'ose pas bouger. La chambre ne mesure guère plus de quinze mètres carrés, assez lumineuse grâce aux quatre fenêtres laissant entrer le jour sur deux côtés. Des fenêtres sans vitre, uniquement fermées par des barreaux quadrillant le paysage et qui, m'explique Jack, empêchent les singes d'entrer. C'est un petit espace encombré de tant d'objets qu'il rend le moindre pas aventureux.

Dès la porte franchie, on se heurte à un meuble de cuisine avec un évier encastré sur lequel s'empilent des verres sales, des assiettes ébréchées et des épluchures de légumes. Plus loin, une dizaine de cadavres de bouteilles de bière patientent en rang d'oignons. À côté de la porte, un énorme réfrigérateur surmonté de valises aux formes avachies. Sur une table qui sert visiblement de bureau à Jack trône un vieil ordinateur portable gris première génération, des dossiers bourrés à craquer et couverts d'une fine pellicule de poussière, comme à peu près tout ce qui demeure dans cette pièce. Sous le bureau, des cartons gisent. Contre le mur d'en face, une armoire dont le loquet pendouille laisse entrevoir un autre capharnaüm. À côté, une seconde table, plus petite que le bureau, sur laquelle est ouvert un journal aux grands titres anglais et une loupe digne d'un roman d'espionnage. Enfin, presque au milieu de la pièce, le lit de Jack. Une simple structure en bois de 90 cm de large sur deux mètres de long. À 87 ans, il dort sur cette planche surmontée d'un fin matelas et d'un drap de coton élimé à carreaux bleu et blanc, parfaitement bordé.

Jack s'assied face à nous sur le coin de son lit. Avec Louise, nous nous enfonçons précautionneusement dans les fauteuils, inquiètes de passer au travers des lattes de bambou déjà très affaissées. Il me lance dans un français maladroit et charmant : À nos oignons maintenant ! en se tournant vers moi. Mais, à peine la conversation entamée, il se rebiffe contre ces *publishers*, ces *filmmakers,* ces journalistes, ces publicitaires qui cherchent à vendre une bonne histoire. Ses mots claquent comme des ricochets. Pas question de voir sa photo placardée dans le métro de Calcutta comme mère Teresa ! Passez votre chemin, y'a rien à voir…

Prenant son mal en patience, Louise me jette des regards consternés, l'air de dire : Sympa ton vieux grincheux ! Puis, Jack reprend son souffle :

— Qu'est-ce que vous voulez ? Gagner de l'argent en racontant un *fairy tale*, c'est ça ?! De toute manière, il y a eu tant de films. Tout Hollywood est déjà passé par là. Vous arrivez un peu tard, mesdemoiselles, pour le GRAND SPECTACLE, articule-t-il d'un ton grandiloquent. La mode est passée. Et puis, maintenant, vous avez des bidonvilles en Europe. Alors, à quoi bon se déplacer ?

Je regarde Louise, désespérée de lui infliger une telle rencontre pour nos retrouvailles de sœurs. Un grand silence envahit la chambre, si on peut appeler « silence » le vacarme nous parvenant de l'extérieur. Au travers des barreaux, le ciel argenté menace d'éclater. Les extensions grossières de l'immeuble d'en face, les paraboles bricolées, les antennes, les climatiseurs, le linge suspendu, les câbles électriques, les toits-terrasses de guingois composent un tableau étrange et familier, une nature morte du XXIe siècle. Le genre de paysage trafiqué qui exhibe tous les signes de notre finitude.

Jack se tait. Si j'avais de l'audace, je lui demanderais d'un ton mutin : Vous boudez, très cher ? Au lieu de quoi je rumine dans ma tête sur la vanité de mon entreprise.

Du voisinage s'élève un rythme de musique Bollywood à tue-tête. *And they call it music…*, soupire Jack en nous servant de l'eau dans des verres crasseux. En réalité, les parois sont teintées de dépôts de tanin qui donnent à l'eau une couleur trouble et un léger goût de thé. J'en profite pour présenter Louise. Je n'ai pas prévenu Jack que je viendrais accompagnée. Il manifeste soudain de la curiosité :

— Ah bon, vous vivez à Calcutta ?

— Oui, murmure Louise, intimidée.

— Où ça ?

— À Kalighat.

— Et que faites-vous ?

— Je travaille pour une ONG.

Vieux loup de mer

Mes sœurs détestent se mettre en avant. Comme si le fait de s'exposer pouvait passer pour de l'orgueil ou discréditer le sens de leur travail. Je sais qu'à cet instant, dans la grotte de Jack, Louise n'a qu'une envie : déguerpir. Heureusement, ma sœur est bien élevée et répond poliment aux questions de Jack. Oui, elle s'occupe de dispenser des formations à des jeunes issus de familles défavorisées. Jack semble vraiment intéressé, pose d'autres questions et conclut :

— C'est quelque chose que j'aimerais beaucoup faire à Calcutta Rescue mais nous n'avons pas encore trouvé les locaux et les financements pour aider les jeunes au-delà de 16 ans. Nos écoles ne prennent les enfants que de 4 à 16 ans. Ici, vous êtes dans l'une des deux écoles. C'est très calme aujourd'hui car nous sommes dimanche. C'était un bordel quand je l'ai racheté.

La voix de Jack semble maintenant apaisée. Je commence à m'habituer à ses variations d'humeur. Un vrai ciel breton. Il me fait penser à certains vieux loups de mer. Des taiseux aux manières bourrues qui s'emportent comme un cheval se cabre pour venir demander pardon le lendemain, une pointe d'amertume dans la voix. Moitié ermites, moitié sauvages, pas liants pour deux sous, ayant la flatterie en horreur, préférant toujours l'escarmouche à des coups d'encensoir. Et avec ça, de grands cœurs barricadés, des blessés de guerre invisibles.

Soudain, un bruit assourdissant retentit contre les murs. Une série de tirs au plomb sur de la ferraille. La pluie mitraille les toits. Louise sursaute. Je rentre la tête dans les épaules. Jack hausse la voix pour couvrir les déflagrations :

— Ah quelle ville atroce ! Il y fait une chaleur de fou. Quelle idée de venir ici ? *That's French people !*

Nous laissons passer un moment, dans l'espoir que la pluie se calme, puis, entre les cascades et les bruits de klaxon, je crie :

— Alors, vous vivez là…

— Oui. Vous vous attendiez peut-être à quelque chose de plus glamour ? Voyez-vous, j'ai deux chambres. Non, je n'ai pas de double vie, rassurez-vous. Plus à mon âge. Mais nous avons plusieurs écoles et cliniques dans la ville. Alors, parfois, je dors ici, au *Number 10.* Parfois à côté de Park Street. Ça dépend des déplacements, du travail.

— Et cette semaine, qu'allez-vous faire ?

— *Avoid you !* répond-il du tac au tac. Et vous, mademoiselle l'inquisitrice, vous comptez faire du tourisme ?

— Oui, c'est ça.

— Vous ne pouviez pas passer vos vacances ailleurs ?

— Et vous, Jack, pourquoi avoir choisi de venir dans cet étouffoir ? Je veux dire, vous auriez pu avoir une vie très différente.

— Oui. Très différente…

Une brèche s'ouvre. Un rai de lumière filtre du passé et nous fait des signaux. Avec Jack, tout espoir est suspect. Plus je l'observe, moins je comprends ce qui a pu le conduire à venir ici. Pourquoi a-t-il consacré sa vie à des parias d'une contrée si lointaine de la sienne ?

Louise se met à bâiller et me donne un discret coup de coude, les paupières de Jack s'alourdissent. Il est temps de prendre congé.

Au moment de partir, je demande à Jack quand le revoir sans le déranger.

— Mais enfin, proteste Jack, vous ne croyez quand même pas que je n'ai que ça à faire !

Cour des miracles

Dans la rue, Louise propose, voyant mon air dépité, de m'emmener dans un restaurant qu'elle connaît. Ça nous changera les idées. On peut y aller à pied, il y en a pour une petite heure, et cela nous permettra de découvrir le marché. Je force un peu mon enthousiasme, à la fois pour ne pas être de trop mauvaise compagnie et pour me convaincre que tout cela n'a aucune importance.

— Au fond, tu cherches quoi ? me dit-elle tranquillement au bout d'un long silence.

Surprise par sa question, je fixe quelque chose devant moi pour tenter d'immobiliser ma pensée.

— Je ne sais pas. Jack cherche à sauver des vies. Toi aussi, tu cherches un sens à ta vie, non ?

— Et toi ? répond-elle en esquivant ma question. Avant, tu parlais d'écrire sur la famille de papa. Et tout à coup, tu as bifurqué sur ce type qui, entre parenthèses, n'a aucune envie d'écrire ni de répondre à tes interrogatoires. Et c'est précisément sur lui que tu veux écrire.

— Tu crois que je me suis mis dans la tête d'écrire sur Jack pour éviter d'écrire sur notre père, mais...

— Je dis ça comme ça...

— C'est trop compliqué de parler de la famille. C'est trop près...

— Moi je trouve ça dingue ! Tu vois un docu sur un type qui ne veut pas être filmé et tu te dis, c'est bon, c'est lui mon personnage ! Personne ne t'oblige à écrire sur notre père ni sur ce type. C'est toi qui te mets en tête des défis pas possibles !

— Parce qu'on peut pas s'en tenir à ça : la mort, le silence, la morphine, les sondes. J'ai besoin qu'il existe autre chose, tu comprends ?

Nous détournons nos regards, immobiles au milieu d'une place encombrée de charrettes, de paille, de boue, de poules agitées sous leurs paniers en bambou tressé, de chèvres, de mares de sang et de fruits pourris. Le marché est en train de se vider. Je m'en veux d'avoir haussé le ton. On dirait un champ de bataille après la bataille, une cour des miracles où viennent traîner mendiants et éclopés pour ramasser ce qui est encore comestible. Une vache toute maigre, à moitié assoupie, nous observe en mâchant du papier journal. Elle est aussi désorientée que nous. Mais elle est sacrée et ira directement au paradis. Comme notre mère.

Les portes cochères

De la rue, à travers des grilles en fer forgé, nous apercevons une grande bâtisse coloniale. Les volets clos, la peinture écaillée, un jardin peu entretenu où prospèrent les hautes herbes et la mousse. Un air de tableau romantique. Nous poussons la grille et nous glissons furtivement à l'intérieur en la refermant derrière nous. Pas un chat dans les parages. Au pire, un gardien viendra nous mettre à la porte.

Notre mère nous a transmis cette manie de pousser les portes, de nous faufiler dans les coulisses, d'emprunter les petites routes, les escaliers de service, les chemins de traverse comme on dit. Elle dénichait toujours un accès sous l'escalier ou un trou dans la haie. Cela agaçait prodigieusement notre père. Lui, policier de profession, ne supportait pas ce genre de fantaisie. Il craignait toujours de se faire prendre. Et alors ? rétorquait maman. Mais ça ne se fait pas ! On n'a pas le droit ! criait notre père. Notre mère n'en faisait qu'à sa tête. On lui en voulait un peu car on savait comment cela se terminerait. Pourtant, au fond, on l'admirait aussi. On se disait qu'elle avait du « culot ». Maman était comme ça, une aventurière du quotidien, une héroïne des portes cochères et des passages secrets. Elle n'a jamais complètement quitté le monde de l'enfance.

La nuit est tombée sur la ville quand nous rentrons chez Louise. Tout est calme, nous nous allongeons dans le patio sur les longs bancs en bois, le regard perdu dans le carré de ciel noir entre les murs. Je voudrais oublier Jack. Rester là et ne plus penser à rien. Mais au lieu de cela, j'imagine le vieil homme dans sa chambre faiblement éclairée par une ampoule couverte de toiles d'araignée. Je le vois étendu sur son lit, écoutant les bruits de la nuit à travers les barreaux, le frottement du ventilateur au plafond. J'aperçois ses mains qui sursautent légèrement dans son sommeil.

Porte de Clignancourt

Nous avons grandi dans une banlieue pavillonnaire cossue, un milieu bourgeois et une éducation laïque. Certes, notre mère avait une disposition toute particulière à la bonté, une empathie naturelle, parfois envahissante, pour les enfants, les personnes âgées ou en difficulté, les timides, les mal-dans-leur-peau, les malentendants, les estropiés de la vie.

Quant à moi, je ne ressentais aucune vocation similaire. Ce n'est pas faute d'avoir essayé d'accompagner mes sœurs le dimanche soir porte de Clignancourt. Nous arrivions à la nuit tombée dans un hangar glacé pour servir un repas chaud à des hommes sans abri. Nous plongions des louches dans d'énormes bassines en inox remplies de jardinière de légumes ou de petit salé. Je me souviens des effluves de javel mêlés à ceux de la viande mijotée. J'étais paralysée de dégoût et j'observais mes sœurs et les autres bénévoles s'activant, sourire aux lèvres. Je culpabilisais de ne pas savoir mettre à distance ces relents. Un soir, l'un des SDF nous héla pour qu'on lui serve de l'eau. L'homme n'avait aucun geste agressif, aucune infirmité non plus. Il demandait simplement de l'eau. Comme au restaurant, ai-je pensé exaspérée. Or nous étions dans une cantine du Secours populaire où chacun était censé se servir librement à la fontaine. Ma sœur Juliette alla promptement servir cet homme à sa table. Et quelque chose en moi se révolta. Non seulement, ils viennent ici dîner à l'œil mais en plus il faut faire le service ! J'en conclus hâtivement que je ne reviendrais plus. Je ne suis pas très fière de ce prétexte mesquin, moi qui n'avais pas le courage de m'avouer que passer mes dimanches soir dans une cantine porte de Clignancourt ne me passionnait pas.

Au septième ciel

Quand on arrivait pour lui rendre visite, notre mère se redressait sur son lit d'un coup, elle voulait soudain sortir, s'échapper, rentrer à la maison. Fuir, disait-elle, comme une captive rêvant de faire le mur. Elle échafaudait des plans d'évasion, nous serions ses complices, elle parlait de liberté, de voyages, d'aventure. Alors, pour l'apaiser et muscler ses jambes, nous faisions quarante fois le tour du septième étage. Tout fugitif qui se respecte doit passer par un entraînement physique. C'était tout un cirque : on sortait de la chambre en escadrille, notre mère parée de sa perche à roulettes, avec pour munitions des poches de morphine, d'eau et d'antalgiques, on prenait l'ascenseur jusqu'au septième étage. Le long couloir circulaire bordé de fenêtres devenait notre cour de récréation et notre tour de contrôle à 360° sur la ville pour élaborer une stratégie d'évasion. Les bureaux y étaient la plupart du temps fermés et personne ne fréquentait ce corridor. C'est ainsi qu'il est devenu notre piste d'entraînement. Notre mère se voyait déjà sauter en parachute du sommet de l'IGR ou descendre à la corde lisse le long des façades avant d'entamer un steeple-chase dans la banlieue riante du 94. Malgré les perfusions et la fatigue, elle déployait une énergie olympique. Parfois, elle s'arrêtait pour reprendre son souffle face aux grandes fenêtres de l'IGR offrant une vue plongeante sur Paris.

— C'est beau ! disais-je.

J'étais affligée par la platitude de mon propos, par mon

impuissance à trouver des mots pour adoucir ou embellir momentanément cet instant.

— Tu trouves ? s'inquiétait ma mère, consternée par mon faible niveau d'exigence en matière esthétique, elle qui avait passé sa vie à nous traîner dans les musées, à nous sensibiliser à l'art et à la beauté.

La nuit juste avant les forêts

Machinalement, je m'engouffre dans le métro. Il n'est pas loin de 11 heures. À Girish Park, je décide de faire le tour du quartier avant de me rendre chez Jack. Même délabrés et engloutis sous la végétation, les bâtiments ont conservé leurs couleurs flamboyantes. Même accroupies dans la boue des bidonvilles, les femmes portent des saris scintillants et la tête haute. Au pied des divinités s'amoncellent couronnes de fleurs, coupelles de fruits, lambeaux de soie. Calcutta me fait penser à un gamin des rues, la peau hâlée, la voix rauque déjà lasse des excès de la vie, le corps chétif s'agitant comme un oiseau au bord du gouffre. De sa bouche sortent des phrases dévorées de rage et de poésie. La brûlure et le désespoir. La nuit juste avant les forêts.

À l'entrée du *Number 10*, le bonhomme ventru me reconnaît. Je le salue. Il s'empresse de m'ouvrir et me laisse emprunter l'escalier comme si j'étais attendue. Notre performance de la veille – passer trois heures en compagnie de Grincheux – m'a visiblement octroyé un nouveau respect.

C'est lundi et l'école résonne de cris. La densité d'élèves au mètre carré doit avoisiner les dix. Les cours ont lieu à même le sol où les gamins sont assis en tailleur. Les garçons sont vêtus de bermudas et de polos bleu et blanc, les filles de robes bleu ciel à col blanc descendant juste en dessous du genou. Aucune table, aucune chaise, aucun tableau, seulement des cahiers et des stylos. Les institutrices sont assises sur de minuscules tabourets. Chacune entourée de sa grappe d'enfants. Comment arrivent-ils à s'entendre dans ce capharnaüm ?

Arrivée devant la double porte verte, je reprends ma respiration comme la veille et crie le nom de Jack à travers la porte. J'entends ses pas. Il entrebâille la double porte :

— Encore vous ?

— J'étais dans le quartier, j'ai voulu vous saluer…

J'avance dans l'étroit couloir où sont suspendus les vêtements de Jack. Il nettoie les reliefs du repas avec des gestes lents. Puis il pousse un des fauteuils en bambou à mon attention. Il n'a l'air ni enchanté ni mécontent, juste un peu surpris.

— Asseyez-vous donc ! me presse-t-il soudain, une pointe de reproche dans la voix comme si je ne prenais pas mes aises assez rapidement. C'est vous qui avez laissé ces *little chubby cakes* hier ?

Je réponds affirmativement tout en appréhendant sa réaction.

— Ce sont des madeleines.

— Des *mademoiselles*… Hum, c'est un joli nom !

— Non, des ma-de-leines, j'articule.

— Ah, c'est très bon, *very delicious*, ces *mademoiselles* !

Il prononce ce mot en français avec son irrésistible accent. La veille, j'avais laissé sur le bord de l'évier des madeleines au miel dans un sachet apporté de France. Je profite de l'effet prodigieux des biscuits dodus sur Jack pour en venir à mes questions :

— Ravie que les madeleines vous plaisent. Je me demandais depuis hier ce qui vous a poussé à rester ici.

— Parfois on ne choisit pas sa vie, c'est elle qui choisit pour nous. Une fois que j'étais là, avec tous ces gens, je n'allais pas les laisser tomber. J'ai continué. Et puis… comment dire… vous allez me prendre pour un dingue.

Jack parle soudain tout bas.

— J'ai de la chance. Oui, je ne suis pas seul, vous savez. Le *Holy Spirit* m'accompagne. Vous connaissez ?

Estampe chinoise

C'était en 1964 dans le Pembrokeshire. Jack avait 34 ans, un long corps svelte perché sur un tracteur, de beaux yeux clairs et de l'énergie à revendre. Fermier depuis sept ans dans ce Finistère du pays de Galles, je l'imagine un peu comme ces jeunes néo-ruraux qui quittent les grandes villes pour faire de la permaculture dans les campagnes désertées. Pour Jack, ce n'était pas encore l'ère du bio et de la décroissance, mais il avait déjà un petit côté rebelle. Il se moquait de l'argent – et s'en moque toujours. Aujourd'hui, on dirait de lui qu'il exerçait un métier « qui a du sens ». Entre la terre et les bêtes, il était du côté de la nature, de la vie à l'état pur. Il avait échappé aux buildings, à la vie de bureau et aux pubs londoniens remplis de traders.

Une journée banale en perspective pour Jack, entre son champ et ses vaches. À cette heure de la matinée, hormis quelques nuages blancs amassés au-dessus de la vallée, le ciel s'étire, bleu vif, monochrome. J'imagine Jack en tenue de travail, salopette, pull de laine et grosses bottes, assis sur son grand diplodocus de métal, faisant des allers-retours dans son champ surplombant la mer déchaînée. Son regard se perd parfois au niveau de la ligne d'horizon. J'ai presque le même âge que lui en 1964 et je sais que plantée sur une falaise avec la mer à perte de vue, je peux être prise de vertige. Pas seulement le vertige du vide mais un vertige intérieur, une descente au plus profond de soi, un mélange de questionnements, de fugue et d'émerveillement, une envie de se laisser happer par l'inconnu.

Soudain, il ressent une présence étrange, une masse de chaleur. L'air s'épaissit. Une lumière surgit, inondant le paysage. Jack en est si perturbé qu'il arrête le tracteur, pour aller voir si ce n'est pas le moteur qui chauffe. Il retire son pull et s'essuie le front. Depuis sept ans qu'il vit ici, même au plus chaud de l'été, il n'a jamais éprouvé la moindre sensation d'étouffement. Le vent du large provoque une ventilation permanente. Jack scrute le ciel, il pense à l'arrivée d'une dépression subite, à un orage. Dans la région, ce n'est pas rare. Pourtant, quelque chose le trouble : il a beau s'être habitué aux couleurs tranchées de la région, le vert des arbres, le zinc du ciel, les roches rouges, blanches ou noires, il a l'impression que les couleurs se sont brutalement saturées. Jack cligne des yeux. L'intensité des couleurs est telle qu'elle immobilise l'air. Plus un souffle d'air, plus aucune vibration. Tout est figé. Même le bruit de la mer ne lui parvient plus.

Dans la peinture chinoise traditionnelle, on représente sur de longs rouleaux panoramiques les paysages de rivières et de montagnes. Les personnages y apparaissent toujours sous la forme de minuscules silhouettes sur un bateau ou un chemin, méditant ou pêchant. Contrairement aux artistes occidentaux qui ont très tôt valorisé l'art du portrait, les scènes de bataille, les personnages par rapport aux paysages, les artistes chinois ne cessent de nous rappeler à notre finitude. Ils nous font prendre conscience aussi de notre place dans le monde, face aux éléments et à la nature. Le pêcheur, de la taille d'une fourmi sur la toile, fait partie d'un tout qui le dépasse démesurément. Voilà comment je vois Jack chevauchant son tracteur, pas plus grand qu'une fourmi sur la falaise, elle-même pas plus grande qu'un pan de mur blanc s'élevant dans l'éternité bleue du ciel et de la mer confondus. Minuscule personnage sur la vaste toile du monde.

Jack a alors senti son crâne s'ouvrir. Il dit : Comme ça. Il fait un geste avec ses mains à l'arrière du crâne comme s'il ouvrait une boîte. Il dit : Ce que j'ai entendu alors n'était pas un chuchotement ou un autre de ces trucs-là, non. J'ai senti quelque chose entrer dans mon crâne et s'y déposer. Ce n'était pas des mots mais une pensée : *I am the Paraclete. Become a Doctor.* Puis la boîte s'est refermée.

C'est limpide, évident, incontestable.

Je pousse Jack dans ses retranchements :

— C'est un peu… étrange tout de même ! Vous ne vous prenez pas un peu pour Jeanne d'Arc ?

— Hum…, grogne Jack, piqué. N'inversons pas les rôles, s'il vous plaît. Ça y est, vous commencez à vous dire que ce n'est pas bon de publier un illuminé comme moi ! Méfiez-vous, si vous parlez de ces choses-là, vous allez perdre des lecteurs.

Jack soupire. Je rétorque :

— Êtes-vous croyant, Jack ?

— Quelle question ! C'est indiscret !

Vexée, je me tais. Il dit :

— Je n'aime pas les religions, les idéologies, les institutions, tous ceux qui nous dictent LA bonne conduite. J'ai rencontré quelques personnes dans ma vie que j'ai admirées…

— Vous croyez en l'humain, alors ?

Jack semble réfléchir.

— Je crois en saint Antoine de Padoue, en saint Paul, en Don Quichotte, et au *Holy Spirit* !

Jack possède sans conteste l'élégance du Chevalier à la triste figure : cette allure légèrement dégingandée, ce long visage, la moustache et la barbe en moins, des sandales rafistolées et un vieux bracelet-montre en plus. Pour lui faire plaisir, j'admets qu'il lui ressemble, au moins physiquement. Après avoir joué au chat et à la souris, je vais faire Sancho Panza. À bien y réfléchir, notre gentilhomme a, outre le physique, quelques traits d'esprit en commun avec le personnage. Cette énergie fantasque pour aller par le monde réparer les injustices. À ceci près que Jack ne cherche point à être récompensé de sa vaillance ni couronné de quelque coiffe que ce soit. Il se moque – du moins il le prétend – de la « gloire éternelle » que Don Quichotte ne cesse d'invoquer. Je l'imagine en chevalier errant, prenant les bergères pour des princesses, les enfants des rues pour des séraphins, les galeux pour des maharadjahs.

— Mais Don Quichotte était un rêveur, un fou magnifique vivant dans son monde peuplé de chimères et prenant ses hallucinations pour la réalité. Alors que vous, Jack, vous sauvez des vies tous les jours. Pour de vrai !

— Chère mademoiselle-qui-savez-tout, apprenez que seuls les fous ont le cœur pur, seuls les aveugles voient, seuls les rêveurs vivent pour de vrai. Qu'est-ce que vous croyez ?! Que vous avez les pieds sur terre parce que vous ne vous battez pas contre des moulins ? Quelle est la différence entre ceux qui lisent des romans, y croient et ne désirent rien de plus, et ceux qui parcourent le monde et regardent, comme on dit, les choses en face ?

— La différence, c'est l'action. En l'occurrence, moi je publie des livres, et vous vous soignez des êtres vivants.

— Est-ce si différent ? Je suis Don Quichotte parce que je ne regarde pas le monde tel qu'il est mais tel qu'il devrait être. Mon travail de médecin des rues à Calcutta n'est rien de plus qu'un combat contre des moulins.

Après un long silence, Jack murmure ces mots :

— *We are such stuff as dreams are made on.*

Les mots de Shakespeare me coupent le sifflet. Où se trouve la réalité ? Le rêve ? Ce n'est pas la première fois que je ressens ce vertige, cet instant très fugace où je ne sais plus si nous existons ou pas. Nous croyons vivre. Nous nous imaginons que nous sommes en train de vivre, que nos vies sont importantes, et nous nous apercevons un jour de l'imposture. Rien que du vent, de l'étoffe, de la brume de rêve.

En sortant du *Number 10*, je me perds dans les ruelles et mes pensées. J'ai la sensation – inavouable étant donné les circonstances – d'agir, d'être engagée dans quelque chose. Obsédée par Jack, je me suis fait un pacte secret, absurde et puéril : si je réussis à le faire parler, ma mère guérira. Je me répète cela comme une pensée magique. Elle me convainc presque du bien-fondé de mon action. Étymologiquement, agir, c'est pousser, presser, mouvoir. Quelle illusion de se dire qu'en étant ici à Calcutta avec Jack j'agis davantage qu'en restant près du lit d'hôpital à regarder ma mère dormir avec des tuyaux dans le nez et des perfusions dans la poitrine ! Pourtant, j'avale ce mensonge. Ce sont mes moulins à vent.

Malgré les obstacles, j'avance. Le chemin est toujours sombre, mais mon pas se fait plus confiant. Je ne vois rien encore, mais la nuit que je croyais hostile me paraît désormais plus moelleuse. Sa chaleur m'enveloppe peu à peu. Le soir, dans la chambre de Louise, nous lisons des passages de la *Bhagavad Gîtâ*. Ce que l'on comprend nous fascine. La *Gîtâ* dit : Agir sans se soucier du résultat. Comment est-ce possible ? Nous ruminons cela dans l'obscurité. Certes, l'action désintéressée est louable, mais comment lâcher prise à ce point sur le but ? Ce qui compte, c'est le geste, dit la *Gîtâ*. Agir sans nous crisper sur le résultat de notre action mais en mettant dans l'action elle-même toute notre énergie, toute notre intention. Si, sur ce chemin, mes sœurs ont quelques kilomètres d'avance sur moi, je reconnais que cet enseignement arrive à propos.

Casque d'or

Notre mère avait décidé d'entrer en guerre. La petite fille aux nattes trop serrées, l'adolescente introvertie, la mère de famille au grand cœur, l'épouse si mal aimée, allait se battre.

Sans attendre, aussitôt le verdict du cancer prononcé, notre mère avait enfilé son armure, son casque d'or et son épée. Lors des périodes de rémission, elle reprenait sa petite Peugeot 107, un pot de yaourt gris souris qu'elle conduisait comme un carrosse, toujours bourré à craquer de sacs, d'objets, de vêtements à donner chez Emmaüs. Dès que l'effet de la chimio s'atténuait, elle retournait à l'école. Retrouver ses élèves, sa classe, le regard des enfants, les seuls à ne jamais la considérer comme une personne malade. Elle était pour toujours leur institutrice. Leur reine. À l'hôpital, elle emportait ses classeurs et ses cahiers, on la retrouvait souvent en plein découpage de lettres géantes étalées sur son lit, entre les perfusions et les sondes.

Parfois, elle débarquait à Paris dans sa petite auto, tel un ouragan entre deux chimio. Elle voulait tout voir, tout faire, à toute allure, jusqu'à l'épuisement. Les musées, les théâtres, les salles des ventes, les antiquaires, le marché Saint-Pierre, les brocanteurs de tout genre, même les restaurants où elle ne pouvait plus manger à cause de son occlusion intestinale mais où elle adorait nous emmener quand même. Elle, si raffinée d'ordinaire, lançait alors : On va se taper la cloche. Ou, quand surgissait la fatigue : Il faut se donner un coup de pied au cul.

Ne jamais s'arrêter, parce qu'alors à quoi bon, s'agaçait-elle quand on lui faisait remarquer qu'elle en faisait peut-être un peu trop. Si c'est pour rester enfermée, autant partir tout de suite. Nous l'accompagnions avec mes sœurs, à cent à l'heure, entre la vie et la mort, à Vienne, en Inde, à Bilbao ou en forêt de Fontainebleau. La vie s'accélérait et s'amenuisait à la fois. Il fallait gagner du temps, sur la mort et dans la vie. Ne plus faire que ce qui nous plaisait. Tout le reste, on s'en fichait. Notre mère nous convertissait à sa nouvelle philosophie. Dans la voiture pot de yaourt, il fallait toujours « partir » quelque part. Fuir. Pour échapper au cancer, le semer. C'était sûr, il ne pourrait jamais suivre son rythme !

Finistère

Puis, ce furent de longs séjours à l'IGR, des mois entiers hospitalisée. En sortant du bureau, prendre le RER B, sauter dans le 380, traverser le parking, saluer les vigiles, passer les doubles portes automatiques vitrées du hall d'accueil. Premier couloir à gauche après la cafétéria. L'ascenseur jusqu'au département « Finistère » – encore une toponymie bien choisie. Inspirer très fort, pousser la porte de sa chambre avec le sourire et la voix la plus enjouée possible. Faire abstraction des odeurs, de la gorge qui se serre et des nausées. La prendre dans les bras doucement pour ne pas lui faire de mal, sentir ses omoplates plus fines que les ailes d'un oiseau, chaque ossement de sa colonne vertébrale, ses épaules amincies, ses joues creusées un peu plus chaque jour. Jusqu'où ? me demandais-je. Espérer immensément, désespérer, donner le change, faire l'amour, courir, ne plus arriver à lire de livres, tomber de sommeil, avoir peur la nuit du lendemain.

Un jour, je l'ai vue pleurer en réalisant qu'elle venait de s'arracher une touffe entière de ses magnifiques cheveux blonds avec sa brosse. Aussitôt, elle a fait faire une perruque pour camoufler ce qu'elle appelait « le désastre », elle prononçait ce mot avec ironie et une volonté certaine de lutter contre. Quand il faisait trop chaud, elle se coiffait de turbans en soie et de foulards indiens noués sur son crâne nu. Ils lui donnaient un air de princesse orientale et faisaient oublier sa chevelure dorée de tsarine. Nous lui rapportions ses jolies tuniques indiennes pour lui éviter de porter les blouses bleues de l'hôpital. Rester élégante, garder la tête haute, le sourire en toutes circonstances. Celui-ci avait changé ces derniers temps. Était-ce ses lèvres fines, son visage osseux ou les petites rides qui se formaient autour de sa bouche ? Ce n'était plus le sourire rassurant de la mère courage que nous avions connue, il avait maintenant la grâce fragile d'une madone. Il était transparent.

Elle vit à l'hôpital. Cela fait plusieurs mois. Par la grande fenêtre fermée qui donne sur le parking de l'IGR entre une lumière suffocante. L'air conditionné ne suffit pas à atténuer la chaleur. Nous sommes au mois de juin. Il paraît que la planète se réchauffe, les journaux ne parlent que de ça. Je suis assise à côté de ma mère. Elle dort et je regarde tourbillonner les dizaines de grues en origami suspendues au plafond. Juliette avait appris à les fabriquer lors d'un atelier avec des enfants réfugiés, elle nous avait montré comment plier délicatement le papier japonais pour former ces frêles oiseaux. Nous en avions confectionné des dizaines.

Pour tenter de camoufler la décoration impersonnelle de sa chambre d'hôpital, nous avons également accroché avec de la Patafix des photos et cartes postales sur le mur opposé au lit. Un cliché de nous trois en longues jupes indiennes prise par notre mère au Rajasthan lors de ce dernier grand voyage. Je ne me souviens pas de nos visites, mais de la sensation très intense qui m'a habitée pendant cette virée en Inde. Ce voyage avait le goût de l'absolu. Je le vivais comme un défi au temps et à l'espace, une provocation, un pied de nez au destin. Et je trouvais que notre mère avait vraiment du panache.

La Divine

Cette année-là, je découvre Xavier Grall, un poète breton oublié. Et il me fait l'effet d'un coquillage trouvé sur la plage, il m'éblouit, me berce et me console. Je le lis dans la chambre d'hôpital, à haute voix :

Mes filles, vous aimerez cette Terre jusqu'à la passion.
Vous parcourrez cette patrie humaine, vous laisserez traîner vos pas sur ses chemins.
Vous irez par les plaines et par les villes. Vous presserez de vos mains la joie de la terre.
Tous ces voyages que je n'ai pas pu accomplir, et ces pèlerinages, puissiez-vous les accomplir en mon nom.

C'est une lettre d'un père à ses cinq filles, qu'il surnommait ses « Divines ». C'est aussi la lettre manquante d'une mère à ses trois filles. Ma mère sourit en m'écoutant. Elle ne dit rien, le regard perdu dans les jupes bariolées. La littérature est faite de ces éblouissements-là, de ces rencontres improbables avec des mots, une voix, un souffle qui soudain fait écho en vous comme une petite musique venue de loin. Comme si ce que l'auteur avait voulu dire était resté tapi en nous jusqu'à ce jour précis de la lecture. De la révélation. Je portais ces mots à haute voix dans la chambre d'enfant de ma mère, je les lui donnais presque dans la main, j'avais besoin de les entendre, de me faire croire qu'ils me venaient d'elle.

Nous progressons en apnée, pendant des jours, des mois, des années, dans cette masse liquide plus dense qu'une coulée de lave, assommées par les vagues qui nous maintiennent la tête contre le sable. Quand nous remontons de temps à autre à la surface, c'est pour replonger plus bas, dans un endroit plus sombre, pas encore exploré, où je n'ai pas du tout envie d'aller. J'ai plutôt un irrépressible besoin de m'endormir, de rêver très fort, de réinventer nos vies, d'effacer la séquence, de faire marche arrière, de tout recommencer avec une mère-guerrière triomphant de toutes les métastases.

Elle dort presque tout le temps maintenant. Je me souviens des plages de silence et des hurlements dans mon ventre, dans ma gorge, dans ma poitrine. La voir entuyautée, shootée de morphine, ses yeux immenses au milieu de son visage décharné et sa voix changée. Si faible. Sa voix de petite fille : Ne me laisse pas, reste avec moi, j'ai peur, je ne veux pas mourir, quand reviens-tu, n'éteins pas la lumière en sortant.

Partir en Inde sous prétexte d'aller rencontrer un type

qui ne veut pas me voir. Ce besoin d'air alors qu'elle reste enfermée jour et nuit dans une pièce aseptisée aux fenêtres closes.

Le détroit du Bosphore

Nous décidons d'appeler notre mère sur WhatsApp ce matin avant que Louise parte travailler. La connexion est longue à se faire mais nous finissons par entendre sa voix et voir son visage pixelisé et tressautant dans le smartphone de Louise. Elle est heureuse de nous voir, elle dit qu'elle va bien, que Juliette va bientôt arriver, qu'elles iront marcher au septième étage. Elle dit qu'on lui a installé un cathéter au-dessus de la poitrine, dans le creux de l'épaule, pour l'alimenter en morphine, en médicaments, en oligoéléments et en eau. Elle dit que c'est mieux que de la piquer plusieurs fois par jour dans les avant-bras. Elle ne se plaint pas. Jamais. Elle nous pose des questions sur ce qu'on fait, ce qu'on mange, ce qu'on voit, si on est malade ou pas. Sa voix est tendre. Elle demande si j'ai pu rencontrer le médecin des rues. Je lui réponds que oui – je ne lui dis pas à quel point c'est mal barré, à quel point il est hostile à ma venue, à mes questions, à quel point je me sens nulle d'être là au lieu d'être auprès d'elle. Elle dit qu'elle a fait un rêve bizarre, elle était en voyage, elle se souvient très bien, c'était dans le détroit du Bosphore. On s'étonne – elle n'y est jamais allée. Elle dit que justement, la nuit dernière, elle y est allée pour voir. Elle dit que c'était très beau, qu'elle a visité des musées et des palais, mais qu'elle ne comprend toujours pas pourquoi elle est allée là-bas. Si elle avait pu choisir, elle serait bien venue à Calcutta. Nous éclatons de rire en lui demandant si elle n'a pas un peu forcé sur la morphine.

Puis, Juliette arrive dans la chambre de notre mère. Soudain, on est toutes les quatre réunies, sur deux téléphones, dans deux pays séparés par des milliers de kilomètres, mais dans une seule et même connexion. Maman serre Juliette dans ses bras, ou plutôt Juliette serre maman dans ses bras, en faisant attention au cathéter et aux petits tuyaux souples et transparents qui s'en échappent. On parle toutes les quatre en même temps, dans une excitation où se mêlent la joie, la peur et l'urgence. Juliette est rentrée il y a quelques jours de Roumanie. Elle raconte son travail là-bas, les enfants roms, le racisme, la pauvreté. Je me demande parfois pourquoi mes sœurs font tout ça. Qu'est-ce qui se passe dans leur tête et dans leur cœur. Et elles se demandent certainement si le mien, de cœur, n'est pas trop sec.

Louise part travailler, je reste encore quelques instants dans cette étonnante communion virtuelle avant de raccrocher. Quand j'étais petite, les écrans n'existaient pas et nous nous envoyions des fax avec mes amies d'enfance parties vivre aux États-Unis. On se racontait nos journées, on lisait les récits de nos vies sur du papier glacé qui sortait de la machine en faisant un boucan d'enfer de bips, de crachats et de locomotive. Aussitôt que le fax se mettait en route, je me précipitais pour commencer à lire les premiers mots, puis les phrases qui s'imprimaient au fur et à mesure que le papier se déroulait. Tout cela était magique. Aujourd'hui, ce qui est prodigieux, c'est de voir notre mère en direct sur ce petit écran alors que nous sommes au cœur de Calcutta et elle à Villejuif. Il y a ses traits, sa voix, ses expressions, ses gestes, son teint si pâle, son t-shirt marinière, ses yeux bleus que je trouve gris aujourd'hui, mais il manque la chaleur, la douceur de sa peau contre la mienne, son parfum de jasmin, l'étreinte rassurante de nos corps, nos doigts entremêlés et la pression de nos mains pour dire : Ça va aller, soyons courageuses, je suis fière de toi, tu me donnes de la force.

Je me souviens de ce manque qui m'avait déjà assaillie quelques mois auparavant, mes sœurs alors en Roumanie et en Inde. J'avais besoin de leur peau contre la mienne, de les serrer dans mes bras. Et surtout qu'on me serre dans les bras. Sans oser me l'avouer, je souhaitais me blottir auprès d'elles. Je voulais redevenir enfant, vulnérable, insouciante, je n'arrivais pas à assumer la responsabilité qui m'incombait à ce moment-là – ou bien que j'avais décrétée comme devant être mon rôle –, cette exigence d'être forte, d'aller de l'avant, de se tenir droite et de montrer qu'on ne baisse pas les bras – parce que dans la famille, c'est ainsi qu'on affronte la douleur.

Un jour, notre grand-mère, Françoise, désemparée mais ne voulant rien laisser paraître, fille de militaire élevée dans un milieu où l'on ne manifeste pas ses sentiments, même les plus dévastateurs, a demandé à notre mère alitée : Qu'est-ce que je peux faire pour toi ? J'étais témoin de cet échange des regards et des impuissances : une femme de 90 ans, tout entière figée dans cette dignité qui confine à la froideur, debout à côté de sa fille de 59 ans étendue dans son lit d'hôpital. Je savais combien notre mère dissimulait sa douleur et sa peur de mourir devant sa propre mère. Je voyais la détresse dans ses yeux, dans le léger tremblement de ses lèvres, tout ce qu'elle aurait voulu dire et qui ne sortait pas : ne t'inquiète pas, je vais guérir, tout va bien. Chez elle, plus que la douleur ressentie dans son corps, il y avait la douleur causée par le tourment qu'elle donnait à ceux qu'elle aimait. Et, dressée au bout du lit, ma grand-mère dont je savais qu'à peine sortie de la chambre d'hôpital jailliraient toutes ses larmes.

Un dîner mondain

Ce soir, nous sommes invitées à dîner chez un couple d'une soixantaine d'années que Louise a connu lors de son premier voyage en Inde. Ils vivent dans le quartier le plus chic de Calcutta, un havre de paix cossu au milieu d'un golf. La famille vient de la caste la plus élevée en Inde. Cultivés et charmants, ils possèdent tout ce qu'on attend de leur rang : villa, voitures, chiens, domestiques, chauffeurs et gardiens. Mais surtout, ils financent une école pour les enfants défavorisés. La charité en Inde vous assure une place au paradis, et vous situe dans l'échelle sociale.

Nous sommes reçues telles des princesses et pourtant je n'arrive pas à me sentir à mon aise. Quelque chose me gêne dans toute cette abondance, cet excès de bienveillance. J'ai l'impression d'assister à un spectacle d'un autre temps. Les domestiques vont et viennent, les bras chargés de samoussas, de poulet tandoori, de tikka masala, de biryani, de paneer, de pakora, d'aloo palak, de gulab jamun, sous le regard agacé de la maîtresse de maison. Je me demande si « nos amis » n'en rajoutent pas du fait de notre présence. Ils ordonnent, par la voix ou les gestes, sans jamais regarder ceux qu'ils interpellent. Le service n'est pas assez rapide, les plats trop épicés, le vin tiède et les beignets difformes. La maîtresse de maison n'est pas satisfaite, elle voudrait nous faire complices de son irritation. Je comprends la place qui m'est assignée, ma place de privilégiée, de « Blanche », moi qui ne le suis pas complètement.

Dans le taxi de retour vers Kalighat, Louise me raconte les vies des serviteurs. Ils viennent du nord de l'Inde, ils ont quitté leur famille depuis des années pour tenter leur chance dans une grande ville. Ils ne rentrent que très rarement chez eux, dorment à même le sol dans la cuisine ou dans un coin du salon, derrière le paravent. Sans la moindre intimité. Ils sont entièrement au service de leurs maîtres.

Au fur et à mesure que je prends conscience de mon malaise se précise en filigrane l'image de notre grand-mère paternelle. Ama aussi étendait une simple natte sur le sol dans l'échoppe de sa tante à Saigon, puis dans la cuisine ou les caves du château de Bao Dai, à Cannes. Elle s'occupait des cinq enfants de l'impératrice et du dernier empereur – en plus des siens, cinq également. Le jour, nourrir, laver, vêtir, chaperonner les enfants et aider son mari en cuisine.

La nuit, bercer, consoler ou apaiser l'asthme chronique du petit prince.

Kali

Troisième jour, 11 heures. Je frappe à la double porte vert bouteille. Jack grogne. Il me fait penser à ces chevaux qui refusent l'obstacle et à qui il suffit de lâcher la bride pour qu'ils sautent.

— Ah, encore vous mademoiselle l'enquêtrice. Vous n'avez pas d'autres chats à fouetter ? Ça doit bien se trouver dans Calcutta des vieux bonshommes. D'ailleurs, à votre âge, on a mieux à faire que de tenir le crachoir à un *old boy* comme moi !

— Vous ne croyez pas si bien dire, Jack. Mais des vieillards de 87 ans, des types de votre espèce, je veux dire avec votre caractère, honnêtement, ça ne court pas les rues.

— Ah bon ? fait Jack étonné.

Faussement ingénue, j'ajoute :

— Que voulez-vous, Jack, je ne peux plus me passer de vous !

— Ne vous moquez pas.

Nous plaisantons de ses aventures, de ses amours, j'essaie de savoir où se trouve sa Dulcinée. Car il n'y a point de chevalier errant sans dame, n'est-ce pas ? Mon vieil ours grommelle. Il me fait croire, amusé, que sa bien-aimée s'est réincarnée en Kali, cette étrange et terrible déesse que l'on voit toujours représentée nue, tirant la langue, portant un collier de crânes humains, un pagne de bras coupés autour des hanches, brandissant une lame et dansant sur le corps de Shiva. Contrairement aux apparences, Kali n'est pas du tout diabolique. Elle est protectrice, elle se bat pour préserver le calme et l'harmonie, m'explique Jack, un sourire en coin. Kali, déesse du temps, de la mort et de la délivrance, de la transformation et de la destruction. Il n'y a que l'Inde pour nous dégoter une créature pareille ! C'est Chronos, Thanatos et Zeus réunis en une femme.

— Vous croyez en l'amour, Jack ?

— L'amour oui, bien sûr, sinon je ne serais pas là. Mais l'amour des gens, de l'humain. Le couple, je ne crois pas être fait pour ça. Toutes mes tentatives ont échoué. À mon âge, il faut se rendre à l'évidence. Comment les gens ont-ils imaginé un jour que vivre à deux faciliterait les choses ?

— C'est pour ne pas être seul, Jack.

— La solitude ! Mais qu'est-ce que vous croyez ? Qu'on est moins seuls à deux peut-être ? Taratata ! Vous qui lisez des livres, vous devriez savoir ça. Citez-moi un seul grand livre, un seul roman d'amour qui ne soit pas souffrance, attente, impossibilité, déchirement. Roméo et Juliette s'entretuent, Cyrano n'avoue son amour à Roxane qu'au moment de mourir, Bérénice est délaissée par Titus qui lui préfère Rome, Emma Bovary se suicide, Anna Karénine se jette sous un train, et chez Proust, n'en parlons pas ! Mais je ne devrais pas dire ça à une jeune fille.

— Oh vous savez…

— Mais revenons à nos oignons !

— Oui, le couple, l'amour…

— *What a disaster !* conclut Jack en riant.

Notre Don Quichotte des Indes pourrait tout à fait déclamer avec Andreï, le frère des *Trois sœurs* : « Il ne faut pas se marier. Il ne faut pas parce que c'est ennuyeux » ; et répondre avec le vieux Tchéboutykine : « C'est peut-être vrai, mais la solitude ! On a beau raisonner, la solitude est une chose atroce, mon petit. Bien qu'au fond… tout soit égal, naturellement. »

Échos

Devenu maître dans l'art de l'esquive, il tourne en dérision mes questions, se moque de mon accent et poursuit sa stratégie d'évitement. En quelques jours, je suis passée de *Je vais faire écrire Jack* à *Je vais écrire sur Jack* à *Je vais écrire sur l'impossibilité d'écrire sur Jack.* Cette dernière option me paraît la plus raisonnable, au vu de mes maigres résultats. Je ne voyais pas encore combien mon livre se déplaçait vers un autre endroit, un lieu aveugle et pourtant en face de moi. C'est le syndrome de la lettre volée, c'est l'éléphant au milieu de la pièce, comme si des mécanismes psychologiques occultaient une partie de notre vision. Je ne voyais pas ma mère prendre peu à peu la place de Jack.

Puisque nous parlons de réincarnation, j'interroge Jack. Le vieil ours s'ébroue et mugit comme s'il s'agissait d'une vérité universelle que j'étais la seule à ignorer :

— Bien sûr que je crois en la réincarnation ! Quand

on a vu tant de personnes souffrir de façon inexplicable, la réincarnation est une forme de consolation.

Cette réponse provoque une déflagration. Ce n'est pas le fait que Jack croit en la réincarnation qui m'étonne. Mais c'est qu'au moment de retranscrire cela sur le papier se superposent d'autres mots venus après ceux de Jack et qui pourtant me semblent avoir été prononcés avant.

Un an après que j'ai rencontré Jack à Calcutta, en septembre 2018, ma mère est entrée à la clinique de soins palliatifs Jeanne-Garnier où elle est décédée. Le premier jour, le docteur Richard est venue nous voir pour se présenter et surtout s'intéresser à ma mère, à sa vie d'avant. Avant la maladie, avant l'IGR, avant que la vie bascule. Doucement, au bout d'une heure de discussion, ma mère s'est endormie et j'ai poursuivi le dialogue avec le docteur Richard dans son bureau, essayant de répondre aux questions sur le contexte familial, professionnel, amical. Au moment de prendre congé, elle m'a demandé : Ah ! Est-ce que votre mère a une croyance particulière à laquelle il faudrait que nous soyons attentifs ? J'étais un peu troublée. Comment pouvais-je répondre à sa place ? Elle avait été baptisée dans la religion catholique, mais n'avait pas tenu à nous faire baptiser, elle n'avait jamais dit qu'elle était croyante, et je ne l'avais jamais vue aller à la messe. Mais le mieux était de lui demander à elle. D'accord, alors je vous laisse faire, m'a lancé le docteur Richard en sortant.

Je suis retournée auprès de ma mère assoupie. Je guettais le moindre de ses mouvements, et tout son corps semblait dans un état d'étrange agitation. Les tremblements de ses paupières, sa respiration irrégulière par la bouche, les légers sursauts de ses pieds et de ses mains sous les draps. J'ai ouvert mon livre et j'ai essayé de me concentrer sur ma lecture. Sans y parvenir. Ma mère était en train de mourir à côté de moi. Et je n'arrivais plus à lire. Je n'arrivais plus à faire grand-chose d'ailleurs. Être en vie m'était devenu insurmontable. J'avais l'impression que mon cerveau ne fonctionnait plus normalement, qu'il tressautait, disjonctait, j'avais des absences, des trous noirs. Je m'en rendais compte et j'étais terrifiée à l'idée que d'autres s'en aperçoivent.

J'avais les yeux rivés sur le corps allongé, encore vivant et palpitant de ma mère. Je ne le reconnaissais pas, je le découvrais comme si je le regardais pour la première fois, avec pudeur et inquiétude. Ses formes fragiles dissimulées sous le drap blanc. Je scrutais son visage osseux, sa peau étonnamment lisse, blanche, ses pommettes devenues saillantes, son nez si parfait, si régulier, qui lui donnait tant d'allure, son foulard à moitié chiffonné laissant entrevoir une partie de son crâne nu, ses lèvres à peine dessinées. J'approchais ma main tout doucement de sa joue creuse pour sentir la chaleur de sa peau contre la mienne. J'avais peur. Peur que tout s'arrête d'un coup, peur que cela se produise sous mes yeux. Peur de vivre sans elle. Peur de ne pas réussir à vivre sans elle. J'étais tétanisée et fascinée par ce corps encore vivant – pour combien de temps ? Comme si mon regard, mon attention avaient le pouvoir de retenir quelque chose de sa vie. Que pouvais-je faire d'autre ? Hormis la suivre du regard. La regarder était la dernière chose qui nous reliait. Prier aussi. J'inventais des prières, je les récitais dans ma tête à toute vitesse, en boucle, pour m'étourdir de mots, pour avoir la sensation de « faire quelque chose ». Agir, pousser, presser, mouvoir. Je la poussais doucement de mes yeux, je la poussais du côté de la vie, qu'elle reste encore un peu.

À son réveil, je lui ai raconté mes échanges avec le docteur Richard et la dernière question à laquelle je n'avais pas su répondre. À mon grand étonnement, ma mère s'est écriée : Bien sûr que je crois en Dieu ! J'étais abasourdie. Comment une telle évidence, une vérité aussi fondamentale avait-elle pu m'échapper ? Nous étions extrêmement proches, nous parlions de tout ensemble, je ne crois pas avoir eu de sujet tabou avec elle, et pourtant, elle m'avait caché cela, son rapport à la foi. Ce n'était pas rien. Dans mon effarement, je me suis permis de lui demander dans quelle religion elle croyait. Je n'étais pas à l'abri d'une conversion subite à un syncrétisme indien. Celle des catholiques, a-t-elle soupiré comme si c'était une évidence.

Je n'avais pas osé l'avouer au docteur Richard mais notre mère nous avait surtout transmis son rejet de la religion, de la rigueur et de l'austérité des écoles de bonnes sœurs par lesquelles elle était passée, de l'hypocrisie de ceux qui vont à la messe le dimanche et s'inquiètent de voir « leur » pays « envahi » d'étrangers. Alors ce retournement de situation me laissait perplexe. Pourtant, la peur de mourir qui la paralysait, contre laquelle elle luttait de toutes ses forces, l'avait quittée. D'un coup. Comme par miracle.

Les mots de Jack et ceux de ma mère se font aujourd'hui écho dans ma tête pour plusieurs raisons : la superposition des temps, septembre 2017 – septembre 2018, les prémices de l'automne, la formulation identique comme s'il s'agissait d'une évidence, la révélation de Jack au pays de Galles et la révélation de ma mère à la Maison Jeanne-Garnier. Nos vies sont fabriquées de ces coïncidences qui fonctionnent comme des révélateurs. Soudain le temps se trouble comme une eau dans laquelle on verrait surgir une image ancienne.

Mais revenons à nos oignons, comme dit Jack. Et au *Number 10*. La réincarnation doit exister pour Jack. Voir la souffrance lui a indiqué le chemin. Elle lui a fait connaître la fragilité et la miséricorde. Nous apprenons de nos faiblesses, dit-il. Devant ce malheur-là, la recherche du bien nous consume. Elle nous accable autant qu'elle nous éclaire. Quant à Dieu, Jésus ou Don Quichotte, quelle différence ? Pour lui, ce ne sont que des enveloppes, du *blablabla*. Ce qui compte c'est l'épaisseur cachée sous ces mots, c'est l'âme invisible qui les irrigue.

Dans la gueule de l'Histoire

— Mes parents étaient juifs orthodoxes, ça rigolait pas ! glousse Jack. Dans la famille, certains portaient des chapeaux de feutre noir à larges bords, la barbe et les papillotes. Ils étaient VERRRY *traditionals*, VERRRY *old school* !

Jack imite les papillotes avec ses doigts qu'il tournicote devant ses oreilles et roule le r pour me faire rire.

Les parents de Jack ont quitté la Pologne dans les années 1920. Ils fuyaient un pays déjà gangrené par l'antisémitisme. Puis, il y a eu la guerre et les camps.

— Il était impossible d'en parler à la maison, murmure Jack.

Comment fait-on quand on vient de ce silence-là, de ces histoires restées muettes ? Les mots et les morts remontent irrémédiablement. Comme les cailloux qui « poussent » dans les champs des régions calcaires. On a beau les ramasser, d'autres pierres remontent à la surface l'année suivante. Nous aussi sommes remués, absorbés et recrachés par l'Histoire. Dans la gueule de l'Histoire.

Les mots d'Art Spiegelman me reviennent en mémoire. Sans mauvais goût, il dit que, parfois, il aurait voulu être à Auschwitz avec ses parents, pour ne pas vivre toujours avec cette culpabilité d'avoir la vie plus facile qu'eux. Je n'ai pas d'origines juives, personne dans ma famille n'a été envoyé dans les camps de concentration. Pourtant, au-delà de l'empathie, nous avons des lésions communes. Nous partageons des passés, des récits, des imaginaires aussi, inscrits dans nos corps et nos inconscients. Nos blessures se dessinent et se déplacent d'un individu à l'autre, de génération en génération, mouvantes et souterraines.

Peut-on réconcilier les mémoires ? Inventer la paix. Depuis des années, je questionne mes grands-mères, pour reconstituer l'histoire familiale, le récit des origines. D'où viennent les blessures de mes parents ? Comment me traversent-elles ? En fouillant dans l'âme de Jack, est-ce que j'imagine trouver des clés à ma propre histoire ?

J'avais cru que Jack serait le personnage qui m'aiderait à m'éloigner de moi, à échapper à l'histoire que je n'arrive pas à écrire. Je m'étais emparée de Jack comme d'une bouée de sauvetage. À son insu, je me servais de son histoire pour régler quelque chose avec moi-même. Comme disait Louise, écrire sur Jack me permettait de ne pas écrire sur ma famille. Et sans doute de dénouer quelque chose dans l'écriture, de libérer l'encre, d'ouvrir les vannes.

Nous parviennent les chants récités par les enfants de l'école. Leurs voix d'angelots s'échappent des petites ouvertures, presque couvertes par le bruit des voitures.

— Comment s'affranchit-on de ce poids-là, Jack ?

— Je ne crois pas être bien placé pour vous répondre. On ne s'affranchit de rien. On vit avec. C'est tout.

— Alors, c'est ça votre quête : soigner à Calcutta pour réparer quelque chose de la Shoah ? Vous croyez que si vous sauvez des vies à Calcutta, les morts de la Shoah...

— Non, on ne ressuscite personne ! Et puis vous m'emmerdez avec votre *travail de mémoire* ! Votre manie de tout vouloir expliquer, reconstituer. Qu'est-ce qu'elle vous a fait *la* mémoire ? Pourquoi vous venez fouiller comme ça dans *mon* passé ? Vous ne voulez pas vous occuper de *votre* présent ?

— Je n'ai pas dit ressusciter. J'ai dit réparer.

— Réparer, réparer ! Vous croyez qu'on peut raccommoder un génocide ?! On ne peut plus rien faire pour les morts. Alors je m'occupe des vivants. Et vous, vous me faites perdre mon temps ! Allez, ouste ! Je dois partir, dit-il en approchant sa montre de son visage.

Mon personnage

Jour après jour, je réalise que ce livre, nous l'écrivons à deux. Jack avec sa réticence, ses zones de silence, et moi avec mes manques, ma douleur, mon orgueil, mes défis ridicules et ma pensée magique. J'étais devenue l'instrument de mon prétexte : venir voir Jack pour fuir la mort de ma mère. Je ne pouvais pas être partie pour rien. Je m'obstinais, interrogeais, fouillais. Comme un sculpteur qui travaille jusqu'à l'épuisement du modèle. Ou jusqu'à ce que les rôles s'inversent.

Toujours sur ses gardes, Jack donne un peu, se braque, reprend. Il ne comprend pas ce que je fais là. Moi non plus. Ce petit jeu l'agace ou l'amuse, je ne sais pas. Où se trouve la vérité entre le fou qui se prend pour un personnage de fiction et le médecin humanitaire qui combat les injustices ? Entre le garçon espiègle et le monde si dur dans lequel il a choisi de vivre ?

Il porte en lui les contradictions les plus radicales et n'a eu de cesse de se déprendre des diverses identités qu'il a endossées. Enfant pieux destiné à être rabbin, étudiant à Oxford, fermier au pays de Galles, médecin des rues à Calcutta, juif converti au catholicisme tout en vivant en pays hindouiste…

En même temps que je divague dans mes réflexions,

je sors de la chambre de Louise. Direction Girish Park. À 11 heures, Jack m'entend gratter à sa porte, il approche en marmonnant. Je le soupçonne de m'attendre et je lui en veux de ne pas savoir manifester son contentement. Mais peu à peu, je parviens à me faire accepter dans l'antre de Grincheux.

Jack ouvre le réfrigérateur rempli à craquer de bocaux et de boîtes de conserve. Il s'empare d'une bouteille en verre remplie d'eau fraîche.

— Vous avez soif ?

— Un peu.

Il me sert, en tremblant légèrement. J'ai l'impression qu'à tout moment l'eau va s'écouler à côté du verre. De nouveau, l'idée me traverse qu'il ne voit pas clair.

— Jack, je peux vous aider ?

À peine ces mots prononcés, je me mords les lèvres. Jack me répond par un grognement. J'observe chacun de ses mouvements. Que voit-il vraiment ? Des formes floues, des ronds de couleur ? Cette impression d'être hors du monde, dans une forme d'apesanteur.

Homère

Nous ne sommes pas là pour faire des politesses. Alors, sans tact ni précaution, je lui demande s'il me voit. Il m'avoue qu'il ne distingue pas très bien les traits de mon visage.

— Mais je lis le journal, figurez-vous ! fait-il en brandissant le *Times of India* et la grosse loupe que j'avais aperçue le premier jour.

Jack dit « *magnifying glass* ». Puis il m'explique qu'il va devoir retourner à Londres cet hiver pour se faire opérer. Une maladie des yeux et du grand âge, soupire-t-il. Pour rire, il s'empare de la loupe, se lève et s'approche de mon visage comme s'il observait un insecte. Sa cécité me fait penser à ces personnages de la mythologie frappés d'aveuglement au moment où ils sont reliés au divin. Je me souviens du livre de Jacques Lusseyran où il raconte l'accident qui, à l'âge de 8 ans, lui a fait perdre la vue. Loin de s'en désoler, l'homme s'en réjouit. Il raconte que cet événement a déterminé sa vie. Cette cécité lui a donné l'occasion de chercher à l'intérieur de lui la lumière. Elle a été le révélateur.

— Vous vous prenez un peu pour Homère, non ? dis-je à Jack pour le taquiner.

— Je n'ai rien contre. C'est plutôt un type sympathique, non ? Je ne me prends pour personne. C'est vous qui me prenez pour n'importe quoi.

— Et selon vous, je vous prends pour quoi ?

Jack réfléchit.

— Pour un homme bon. Je me trompe ?

— C'est quoi un homme bon ?

— Vous m'emmerdez avec vos questions !

Soudain, Jack se redresse. Je suis au garde-à-vous. Il me met à la porte avec ses manières habituelles de gentleman : Allez ouste ! Jack s'en va rejoindre une équipe de médecins à l'est de la ville. Je me retrouve comme chaque jour depuis une semaine dans l'étroite Nilmoni Mitra Street, sonnée et épuisée, accablée par la chaleur, en me demandant comment Jack, à 87 ans, trouve l'énergie d'arpenter les bidonvilles. Je pense à mes deux grands-mères, des forces de la nature malgré leurs frêles silhouettes. Je pense à ma mère. J'imagine ma petite armée secrète, casquée et cuirassée, Ama, Françoise, maman, s'avancer vers le champ de bataille, dignes et puissantes, prêtes au combat. Je suis née de ces guerrières-là.

Fantômes de plâtre

Louise m'a donné rendez-vous dans le quartier des statues. Sont réunis tous les sculpteurs de divinités de la ville. Chacun possède son atelier, sorte de hangar fait de bric et de broc, assez haut de plafond, dans lequel sont entassées les œuvres en cours de fabrication. Ils commencent par confectionner une poupée de paille, une sorte d'épouvantail. Puis, ces silhouettes sont recouvertes de plâtre blanc. Il faut alors attendre que le plâtre sèche et durcisse au soleil avant de le peindre. Les allées sont jonchées de fantômes blêmes aux formes hallucinantes. Certains possèdent plusieurs bras, plusieurs têtes ou plusieurs jambes, des seins énormes, des trompes d'éléphants ou des têtes de singes, des cheveux hirsutes, des visages qui tirent la langue, des couples enlacés dans des positions suggestives et des dieux plus sages, assis en lotus.

C'est notre dernier jour ensemble. Demain, Louise

prendra l'avion pour Paris, pour retrouver notre mère et Juliette. Je recommencerai à me demander ce que je fais ici, sans Louise et loin de notre mère. L'image de mes petites sœurs traversant le parking défoncé de l'IGR, levant leurs yeux embués vers les ensembles bétonnés et les fenêtres identiques, me broie l'estomac. Je vois Juliette tenant la main de Louise, comme dans ce livre de notre enfance *Aya et sa petite sœur* qui nous faisait tant pleurer.

— Tu crois que maman va aller mieux ? demande Louise.

— Oui, j'y crois.

Et au moment même où je prononce ces mots, je me mets à croire. Je ne sais pas précisément à quoi, en quoi, comment définir cette conscience invisible à laquelle pourtant il m'est urgent d'être fidèle. Il paraît qu'avoir la foi, c'est croire justement en ce qu'on ne voit pas, c'est croire alors que rien ne peut nous en convaincre, c'est croire contre soi d'une certaine manière, contre ses sens et ses perceptions. La foi jaillit de l'intérieur.

La main de Louise dans la mienne, nous avançons parmi les statues, dans ce décor théâtral. Étonnamment, elles me laissent indifférentes. Je les trouve amusantes, effrayantes parfois, kitsch ou grotesques, mais elles ne m'émeuvent pas, je ne vois pas en elles le moindre frémissement de spiritualité, de transcendance ou de sacré. De pauvres marionnettes sans mains pour les guider. Me revient la vision des pieds blêmes de notre mère. Comme ceux des morts, disait-elle. Ils étaient boursouflés par l'œdème. Régulièrement, nous les lui massions, oints de vaseline, pour les réchauffer. Sa peau épousait la forme de nos doigts comme de la pâte à modeler.

Depuis que notre mère est malade, nos rôles dans la famille ont changé. D'abord, il a fallu composer avec l'arrivée de ce nouveau personnage, le cancer. C'était notre ennemi numéro un à toutes mais il faisait partie de notre mère et nous étions bien obligées de le tolérer, de vivre avec, sans que cela pèse sur elle. Heureusement, le rôle pénible de l'aînée a vite été divisé par trois. Loin des chamailleries de l'enfance, nous avons développé un lien puissant. Au fur et à mesure que notre mère devenait notre fille à toutes les trois, nous devenions chacune une sœur et une mère pour les autres.

Nous entrons avec Louise dans la pénombre d'un atelier. Étrange spectacle que cette foule de géants thérianthropes et hybrides. Danse macabre, fantasme ou cauchemar ? Nous rôdons parmi nos monstres quand, au milieu d'une allée, j'aperçois une chienne sous le ventre de laquelle grouillent des dizaines de boules de poils. Les chiots se montent dessus, roulent, se lèvent sur leurs toutes petites pattes, se battent, se mordillent pour attraper les mamelles gonflées de lait. Certains sont même suspendus aux tétines par la gueule sans que leurs pattes touchent terre. Louve noire, immobile, les flancs zébrés de veines saillantes, les yeux mi-clos, elle accueille son destin, impavide. Là est le sacré.

Écrire sur Calcutta, c'est comme écrire sur Jack, un combat perdu d'avance. La ville se refuse aux regards, fait miroiter des histoires, s'exhibe avec des gestes effarouchés, se fraie un passage entre lianes et banians, entre voitures climatisées et vaches sacrées, entre tuk-tuks rafistolés et sans-abri par milliers ensuqués sur les trottoirs quand tombe la nuit. Calcutta crépite de tous ses rescapés qu'elle couve sous ses ailes de tôle et de béton. Percer ses secrets dissimulés derrière ses grands murs ocre délavés. Renifler son odeur de bois brûlé, de diesel et d'humidité. Chercher en elle autre chose que ce qu'on attend de l'Orient quand on a grandi en Occident. Comment lui rendre son oxydation, ses traînées de moisissure dégoulinant sur les façades. Ses chatoiements. Comment la défaire de sa réputation. On n'échappe pas à cette attente, à ces images qui se forment dans notre esprit et nous font espérer, deviner, presque entrevoir des lieux, des gens, des sensations.

Collin Street

Ce matin, Louise s'envole pour la France, « prendre le relais » comme promis. Je quitte son ONG pour louer une chambre chez l'habitant, dans un quartier voisin. Carrelage blanc rutilant, voilages roses aux fenêtres, meubles en bois verni imitation laque, calendrier de femmes en saris flamboyants dans la cuisine constellée de casseroles, passoires, louches, couteaux, boîtes, canettes et bouteilles en plastique, aluminium, verre…

Comme nos bibliothèques, les cuisines sont nos miroirs, elles détiennent autant de secrets que l'odeur des draps. Chez ma grand-mère chinoise, c'est, bien plus que la chambre à coucher, le lieu de l'intime, là où se transmettent les mots essentiels, les émotions, les sentiments. Une grande table recouverte d'une toile cirée usée. Des milliers de sacs plastiques amoncelés dans un coffre en bois. Le rice cooker pelotonné et fumant sous le calendrier des Frères Tang représentant une beauté asiatique vêtue d'une robe chinoise vermeil, peau d'ivoire, cheveux noirs bouclés, yeux débridés et nez refait. À côté de la gazinière, cocottes, poêles, woks et paniers vapeur. Ce chaos me rassure, à l'image de ce vaste continent d'où vient Ama : tout y semble surpeuplé, désordonné, dissonant mais si vivant.

À 11 heures précises, je croise Jack devant l'école de Nilmoni Mitra Street. Il monte dans la jeep bleu pétrole stationnée au coin de la rue. Non sans peine, il finit par accepter que je le suive. Direction Collin Street, le QG de Calcutta Rescue situé au cœur d'un enchevêtrement de ruelles, d'échoppes, de colporteurs, d'enfants, de poules et de vaches nonchalantes. À l'angle d'un mini-bazar de balais et de serpillières, la jeep s'arrête. Jack, sans m'attendre bien entendu, descend du véhicule et bifurque sur la droite. J'accélère, bien décidée à ne pas me laisser semer. Jack pénètre dans un passage plus étroit encore que les autres. Un rickshaw ne pourrait même pas y passer, me dis-je, et pendant que cette pensée me traverse, j'en vois justement un débouler à toute allure, tiré par un homme aux pieds nus. Jack se plaque contre le mur et je l'imite pour ne pas me faire rouler sur les pieds. Il s'engouffre dans une cage d'escalier. Chaque palier est aéré de moucharabiehs. Mon regard est encore attiré par ces grandes éclaboussures rouges qui souillent les recoins de l'escalier. Des crachats de bétel.

À peine la réunion commencée, Jack s'insurge : Pourquoi manque-t-il tant de moustiquaires sur le bidonville du pont de Howrah ? La plupart des maladies se transmettent par les moustiques, à quoi bon lutter contre elles si on laisse ces gens exposés ? Il répète à plusieurs reprises : C'est à nous d'aller chercher ceux qui sont dans le besoin. Le sens de notre ONG est d'être dans la rue, ne l'oubliez pas !

Je découvre un Jack plus autoritaire et charismatique, pour qui la mission n'est jamais terminée. En même temps qu'il réfléchit aux problèmes en cours, il continue d'arpenter de nouveaux territoires en disgrâce. Autour de la table, la directrice des cliniques, le directeur des écoles, le responsable du centre d'artisanat pour les handicapés, le manager et trésorier, le coordinateur du programme de médecine des rues. Puis Jack continue :

— Il faut absolument trouver un moyen de construire des toilettes publiques décentes dans les bidonvilles que l'on visite régulièrement. Des toilettes avec une séparation entre les hommes et les femmes, précise Jack.

S'engage une longue discussion pour savoir comment mettre en place l'évacuation des eaux et rendre les lieux moins insalubres. Alors que la réunion semble toucher à sa fin, et que Jack demande s'il reste des questions ou des points à aborder, le jeune manager du centre d'artisanat prend la parole en étalant devant Jack des étoffes et des catalogues de photos :

— Docteur Jack, j'aimerais savoir s'il est possible de vous soumettre quelques nouveaux modèles plus *tendance* pour nos produits artisanaux ? Il serait intéressant de renouveler le *design* des vêtements et des sacs par exemple. Cela se ressentirait au niveau des ventes, j'en suis certain…

Jack le regarde longuement et lui répond :

— Mon ami, nous ne faisons pas de l'artisanat *tendance* pour plaire au goût du jour. Le but de ce projet est de proposer un travail, une activité et un lieu de sociabilité à des personnes invalides et d'adapter le travail à leurs capacités. Je n'ai pas créé ce centre de *handicrafts* pour faire du profit. Vous venez d'arriver et je ne veux pas me montrer trop brutal, mais je préfère vous prévenir : ce n'est pas une boutique Vuitton ici !

Fin de la discussion.

Nous macérons dans cette pièce depuis trois heures quand un jeune homme entre et dépose au centre de la table des assiettes de gâteaux secs et des boissons. Juste avant qu'il se retire, Jack dérobe un biscuit et fait mine de serrer la main du garçon pour le remercier et lui glisser par la même occasion le biscuit dans le creux de sa main. Les autres n'y prêtent guère attention. Pourquoi Jack dissimule-t-il son geste ?

Quand je l'interroge plus tard, il m'explique qu'en Inde les classes sociales ne peuvent pas se mélanger. Le jeune homme est un domestique de la plus basse caste, employé par l'association pour faire le ménage et les courses, il serait mal vu que Jack lui propose ouvertement des gâteaux. Alors, il le fait discrètement, pour ne pas remettre en cause frontalement le système indien. Aux yeux des autres membres de l'ONG, ce garçon est invisible. Comme Juliette et Louise, Jack doit composer sans cesse.

Cimetière anglais

Au hasard des rues apparaît le quartier des garagistes. De part et d'autre de l'avenue, des bazars, chacun doté d'une spécialité : pneus, portières, essuie-glaces, ou encore rétroviseurs. Je longe un mur blanc à la recherche d'une entrée. À l'intérieur de l'enceinte mystérieuse, les sons semblent assourdis, le monde des vivants engourdi.

Les lignes épurées des obélisques, les mausolées aux dômes ajourés, les stupas, les palmiers géants me rappellent Angkor. D'où viennent ces correspondances entre ce cimetière chrétien du XVIIIe siècle dans l'Empire britannique des Indes et les ruines bouddhistes du IXe siècle dans l'Empire khmer ? L'enchevêtrement des racines, des troncs, des branches, des lianes et des stèles dessine une cathédrale végétale. Au cœur de la cité, le royaume des morts et des âmes. Tout autour de moi murmure et bruisse. Si je pose l'oreille contre la pierre, entendrai-je le mystère de l'homme, de sa décomposition et de sa renaissance ? À Angkor, je me souviens des kapokiers géants embrassant les monuments. Le triomphe de la nature sur la civilisation ? Une menace certaine pour la conservation des temples. Une lente agonie. Ou une splendide étreinte érotique.

Happée par l'atmosphère du cimetière, j'entre dans une

autre dimension, une région enfouie de moi-même, celle des gouffres et des songes anciens. La mort est frappée ici de rais de lumière, presque blessante quand elle réussit à s'infiltrer entre les feuillages. Quant aux âmes errantes qui flottent par milliers, je les entends chuchoter, s'ébrouer, palpiter, hurler au diapason des oiseaux, des geckos, des bêtes invisibles. J'arpente les allées humides et désertes, tente de déchiffrer les inscriptions gravées dans la pierre. Des soldats et marins anglais essentiellement, parfois des familles entières. Des morts venus de si loin. Le voyage n'avait pas le même sens qu'aujourd'hui. Si l'on survivait à la traversée, il fallait ensuite affronter les maladies tropicales. Alors ces voyageurs étaient-ils insensés ? Que cherchaient-ils ? De l'or, des richesses, des denrées pour faire du commerce. Des populations à convertir, des femmes, ou encore l'honneur, la gloire de voir son nom apposé à une région. Le monde était un immense champ de bataille, il fallait se tailler sa part, conquérir et marquer son territoire. Personne ne venait « en touriste », par curiosité ou par goût de l'exotisme. Encore moins « faire de l'humanitaire ».

Un cœur simple

— J'aimais votre pauvre maman.

J'entends cette phrase dans la nuit. Elle résonne si fort à mes oreilles. C'est la voix d'un homme, grave. Je ne distingue plus les traits de cet homme, son large manteau, son chapeau de feutre. On dirait qu'il vient d'un autre temps. Pourtant je sais que cet homme dit vrai. Cet amour a existé. Cet homme n'est pas mon père. Et il a aimé ma mère.

Ils se sont rencontrés à l'hôpital. Il avait un cancer comme notre mère. Lui aussi a suivi une chimiothérapie. Je me souviens l'avoir croisé dans les couloirs de l'IGR. Il était inquiet, gêné, il ne savait pas comment s'y prendre avec nous, il était maladroit, il oubliait nos prénoms et nos âges, ce que nous faisions dans la vie, mais il lui disait toujours, à elle : Que tu es belle !

Je n'ai jamais vu ma mère regarder un homme comme cela. Avec ses grands yeux bleus remplis d'enfance et de joie, j'ai découvert pour la première fois ma mère amoureuse. Entuyautée, perfusée, branchée, alitée, shootée, transpercée de sondes mais amoureuse. J'ai aperçu cette chose admirable : cette lumière qui irradie chez les êtres qui aiment. Cette lumière apparaissait déjà dans son regard quand elle nous voyait dans l'encadrement de la porte, entre les orchidées et les origamis d'oiseaux en papier. Cette lumière émane des êtres confiants. Des cœurs simples.

Rabbi Jack

De retour au *Number 10,* le cinquième jour, je retrouve mon Jack international, pantalon noir et chemise blanche en coton à manches courtes, usés, sans élégance. Ses vieilles sandales laissent apparaître des pieds cornés et un début d'arthrose. Toujours aussi avenant, il gueule presque quand il m'entend :

— C'est pas bientôt fini de venir comme ça à l'improviste ? Tout ça pour un livre rempli de *rubbish* !

— Je passais juste. J'étais dans le quartier. Je suis allée visiter le cimetière anglais…

— *Blablabla !!!* fait-il en lavant à l'aveuglette des assiettes dans l'évier.

Je fais la sourde oreille et prends place dans le fauteuil fatigué.

— Cette végétation tropicale dans le cimetière anglais, c'est étrange à dire, mais cela donne aux lieux un air moins sinistre.

— Comme les cimetières juifs en Pologne, renchérit Jack. Eux aussi sont envahis de végétation, laissés à l'abandon, quand ils ne sont pas ensevelis sous une décharge. Vous avez peut-être remarqué les tombes très élégantes de Rose et Lucia ? La première venait du pays de Galles, la seconde fut, dit-on, la plus belle femme de la ville. Elles sont tombées malades et n'ont pas survécu. Leurs tombes sont couvertes de fleurs de paradis.

— Comment vous êtes-vous intéressé à elles ?

— Je me souviens toujours des belles femmes.

— Même celles que vous n'avez pas connues ?

— Absolument !

— Moi qui vous trouvais l'allure d'un moine…

Puis, il prononce ces mots en français avec son irrésistible accent de Manchester en riant de sa propre plaisanterie :

— Un moine défroqué alors !

— Sérieusement, Jack, avez-vous déjà pensé à devenir moine ?

— Figurez-vous que je rêvais d'être rabbin ! Enfant, j'étais terriblement pieux. Je ne ratais pas une prière, je connaissais les textes par cœur, je les psalmodiais en imitant notre rabbin dans ma chambre.

— Rabbi Jack !

— Vous comprenez mieux pourquoi je ne suis pas devenu un grand footballeur...

Au lieu d'aller jouer avec ses copains après l'école, le petit Jack suit des cours du soir dans une école juive. C'est impressionnant d'observer le visage de Jack tiraillé entre une part de lui qui glisserait bien sur le toboggan de l'enfance et cette résistance qu'il s'obstine à me montrer. Tantôt ses souvenirs surgissent en cascade, tantôt les vannes se referment brutalement. L'école de Crumpsall où Jack allait avec son frère était une école publique pour garçons. Il n'y avait que quatre ou cinq enfants juifs.

— Vous pouvez d'ailleurs noter dans vos calepins – car c'est le genre d'information qui intéresse les gens comme vous – qu'il n'y avait aucun antisémitisme. On pouvait faire nos prières dans la cour de récréation, c'était normal.

Bien sûr, Jack entend par « les gens comme vous » tous ces « *publishers et journalists* » qui brodent des histoires sensationnelles. Je décide de ne pas relever pour le laisser continuer. Jack poursuit, fidèle à son esprit de vieux canasson têtu. En bons immigrés de la première génération, ses parents sont des gens discrets, travailleurs, obsédés par l'idée que leurs enfants doivent « réussir ». Pas question de prendre des congés, ni de partir en vacances. Il fallait sans cesse étudier, besogner, « gagner sa vie », ne surtout pas avoir l'air de « profiter », de « prendre du bon temps ».

— Nous étions de bons immigrés ! résume Jack.

Ses parents étaient fiers de pouvoir acheter une maison perchée sur la colline, entourée d'une pelouse. Ils étaient soucieux de donner l'image d'une famille respectable.

— Nous étions assez bien intégrés, même si on ne fréquentait que « les papillotes ». Mes parents et grands-parents tenaient les deux épiceries polonaises de Manchester, le QG de la communauté. Que des produits d'Europe de l'Est. Vous imaginez s'ils étaient appréciés dans le quartier ! En somme, il y avait la synagogue et l'épicerie.

Cela me rappelle les courses que l'on faisait parfois le week-end avec mon père chez les Frères Tang, le grand supermarché asiatique du 13e arrondissement. Nous y achetions des nems, des banh cuon, des hakao, du canard et du porc laqué, des mangues et des litchis, des bonbons Lapin Blanc et des sacs de riz au jasmin de 50 kilos. Qu'est-ce que cela signifiait pour mon père ? Était-ce sa manière à lui de nous transmettre quelque chose de lui ?

À la ferme

Et puis, la guerre a éclaté. Jack avait 9 ans. Les familles envoyaient les enfants à la campagne pour les protéger des bombardements. Jack atterrit ainsi dans la ferme de Sykes, près de Blackburn. Avec ses camarades de classe, ils débarquent en autobus dans le village. Ils sont alignés sur la place de l'église, des familles viennent les choisir. Une jeune fille, à peu près de l'âge de Jack, le désigne du doigt. Ses parents l'« adoptent » aussitôt. Choquée par ces méthodes de sélection éthiquement discutables, je m'étonne.

— Cela peut paraître brutal, oui, aujourd'hui ce serait impensable. Pourtant, je garde de ce séjour un merveilleux souvenir, c'était un peu « les vacances à la ferme » pour moi. On n'employait pas les mots « chrétiens », « juifs », « charité » ou « solidarité ». Notre univers était constitué de termes plus concrets. On ne formulait pas les choses comme maintenant. La demoiselle s'appelait Getty et n'était point dépourvue de charme. Nous sommes devenus amis. J'étais un peu amoureux d'elle. Je me souviens très précisément du jour de mon arrivée. Les Halliwell m'avaient préparé un repas de fête. Ils avaient cuisiné des saucisses. Manger de la viande en temps de guerre, c'était extraordinaire. Mais quand je me suis rendu compte que je venais de manger du porc, j'ai eu un haut-le-cœur. Si mes parents l'avaient su, ils auraient été horrifiés. Mais j'ai survécu, vous voyez. Aujourd'hui, j'en raffole.

Jack découvre une autre vie. Tout ce qu'il voit à la campagne lui paraît exotique. Il est accueilli dans une famille d'anglicans, choyé et aimé, mais s'étonne :

— Je ne les ai jamais vus aller à l'église. J'étais le premier juif qu'ils rencontraient. Le seul juif dont ils aient entendu parler avant moi, c'était Jésus ! Les Halliwell ont changé ma façon de voir le monde. Ils m'ont considéré comme leur fils dès le premier jour. M. Halliwell m'a appris à écouter la nature. Se lever et se coucher avec le soleil. S'allonger dans les prés. Sentir les saisons changer à l'odorat. Observer. Quand une vache est malade, il y a plein de signes avant-coureurs que l'on peut détecter dans ses yeux, sa façon de marcher, de beugler ou de respirer.

Les mains de Jack tremblent légèrement. Longues, noueuses, tachetées, sillonnées de rides et de veinules bleues. Je l'imagine petit garçon dans la ferme de Sykes, parmi les bêtes fumantes l'hiver, les bottes crottées, l'odeur du foin et du lait fraîchement tiré des pis des vaches.

À cette époque, il ne voit pas beaucoup ses parents. Il prend de nouvelles habitudes et l'accent du Lancashire.

De retour chez lui, à la fin de la guerre, Jack est envoyé dans une école juive très stricte.

— Mes parents espéraient ainsi me reconvertir en « vrai » juif !

— Ont-ils réussi à vous « réformer » ?

— Pas vraiment. Le mal était fait pour eux : je ne voulais plus devenir rabbin. J'avais trouvé ma voie : les bêtes et la terre. Je voulais vivre au grand air. Ils ont eu beaucoup de peine, ils avaient plus d'« ambition » pour moi. Il n'y a pas beaucoup de paysans juifs, vous remarquerez. Les juifs ont souvent été exilés dans l'Histoire. Les qualités intellectuelles leur servaient davantage que les terres qu'il faut sans cesse quitter. Il y a des bagages plus ou moins encombrants… Et ce n'était pas un modèle de réussite.

— C'est quoi un modèle de réussite ?

— Pour mes parents, c'était bien sûr les signes extérieurs de richesse mais aussi la position sociale.

— Et pour vous, Jack ?

— Ah voilà, nous y sommes. Vous espérez me faire dire que réussir, c'est se consacrer aux autres, marcher sur le chemin de la bonté, ou je ne sais quel *blablabla* de ce genre !

— C'est vous qui le dites, Jack ! C'est quoi réussir sa vie ?

— Aucune idée, *my dear*. J'ai raté la mienne. Je n'ai de leçon à donner à personne.

— Vraiment ? Mais comment pouvez-vous dire cela alors que la moitié de Calcutta vous adule comme un saint pour avoir sauvé des milliers de vies ?

— Il y a ce que les autres perçoivent ou projettent de vous et il y a ce que vous ressentez.

Raconter la guerre

— Et le reste de la famille en Pologne ? Quelles nouvelles avaient-ils de là-bas pendant la guerre ?

Jack se lève, fait quelques pas dans la pièce. Je crains qu'il esquive ma question. Mais il revient, de son pas lent, un peu bancal.

— Que voulez-vous que je vous dise ? C'était la guerre. Les juifs étaient dans le collimateur. Les frères et sœurs de mes parents et leurs propres parents étaient en danger. J'ai appris tout cela à mon retour à Manchester, dans les bribes de conversation.

— Vous n'avez pas posé de questions ?

— Non. Les temps ont tellement changé. Vous ne pouvez pas comprendre. Vous, vous êtes là avec vos questions ! Nous, on voyait les ravages de la guerre sur le visage de nos parents et ça coupait toute tentative de dialogue.

Entre fils électriques et barreaux de fer, la lumière s'estompe et modifie les perspectives. C'est l'heure des peintres, quand les gris et les teintes blafardes virent progressivement aux couleurs du soir, allant du rose au safran, du violet au rouge écarlate. Sur ce décor, des images passent et se superposent. Des corps. Des morts. Des guerres. Les tragédies se relient dans ma tête, les cadavres et les oubliés se tiennent par la main, dans une danse macabre à donner la nausée. Nous sommes tous les enfants de ces ténèbres.

En 1939, la mère de Jack retourne en Bavière pour tenter de faire venir les derniers membres de sa famille. Dès son arrivée à Fürth, on la force à assister au saccage de l'une des sept synagogues de la ville. Les nazis ont rassemblé tous les juifs de la ville, puis ils ont aspergé d'essence l'édifice avant d'y mettre le feu. Jack se souvient des mots de sa mère : le ciel était rouge sang.

Elle est repartie aussitôt, grâce à son passeport britannique et avant que la guerre ne soit déclarée. Ensuite, elle a fait évacuer ses parents. Ils sont venus habiter près de Manchester avec la famille de Jack. Elle a aussi envoyé des visas à sa sœur, son beau-frère et sa nièce. Mais le jour où elle s'est rendue à la gare de Manchester pour les accueillir, seule sa nièce est descendue du train. À l'autre bout de l'Europe, sa sœur et son beau-frère étaient emmenés à Dachau, d'où ils ne sont pas revenus.

Je resterai comme Jack avec ces fantômes dessinés à l'encre noire qui n'en a pas fini de couler.

Et tu danses

— J'ai si peur d'oublier sa voix, son visage.

— Tu as gardé la voix de maman dans ton téléphone ?

— J'ai réécouté l'autre jour un ancien message. Sa voix était si proche. C'était vraiment bizarre. J'avais l'impression qu'elle était là, qu'elle venait de laisser ce message et que j'allais la rejoindre juste après. Tu sais, j'ai cru pendant un moment qu'elle n'était pas morte. Sa voix était si vivante.

— Moi, je sais pas si je veux réécouter tout ça.

— C'est comme la voix d'un fantôme.

— Ou d'un ange.

— Je l'imagine dans sa robe à fleurs, avec ses longs cheveux blonds. Nous, on avait les cheveux bruns, alors les cheveux de maman, c'était de l'or.

— Une déesse.

— Tu te souviens, elle disait toujours quand on l'agaçait : Sainte Patience, priez pour moi.

— Une sainte.

— Elle n'aimait pas beaucoup les églises pourtant. Elle

trouvait ça sinistre. Elle voulait toujours que l'on s'habille avec des couleurs gaies. Sinon elle disait : C'est tristoune.

— Elle mettait la musique à fond dans le salon. Elle adorait danser. Je crois même que c'est à cause de ça qu'elle est tombée amoureuse de papa. Il dansait bien le rock.

— Elle se levait la première le matin et elle mettait toujours un disque pour nous réveiller. Cabrel, Barbara, Moustaki…

— Et Johnny !

Une fois, nous étions aux urgences de l'IGR. Cela faisait deux heures qu'elle attendait une perfusion de morphine. Alors je lui ai donné mes écouteurs. Elle m'a demandé de mettre Johnny. J'ai sélectionné sur YouTube « Allumer le feu » et maman s'est mise à chanter comme si elle tenait un micro dans la main. Elle a dit : Tu peux mettre plus fort, on n'entend rien. Elle était à moitié allongée sur un brancard et elle chantait à tue-tête. La porte de la chambre était ouverte et les infirmières, les urgentistes, les médecins passaient dans le couloir, elle s'en fichait complètement. Pourtant, à première vue, c'était une femme timide, peu à l'aise avec les hommes, le monde adulte. Mais dans les mondes qu'elle s'inventait, elle pouvait être si exubérante, quand elle nous fabriquait des déguisements, quand elle montait le son et qu'on dansait dans le salon.

— C'est comme si elle n'avait pas grandi.

— Une enfant.

Tu te lèves et tu danses. Tu pousses le lit roulant contre le mur et tu danses. Tu déchires la blouse bleue de l'hôpital et tu danses. Tu es nue et tu es belle. Tu danses pour ne pas tomber. Par les fenêtres grandes ouvertes, les grues ont pris leur envol, le vent fait onduler les lianes transparentes. Les néons sont braqués vers toi comme des projecteurs. Et tu danses.

Une bar mitzvah en 43

Pendant la guerre, les parents de Jack s'investissent dans la communauté juive orthodoxe de Manchester. Son père recueille la nuit les soldats arrivant par le train. Des réfugiés juifs allemands et des communistes. Ils débarquent en loques, blessés parfois, affamés et terrorisés. Il leur trouve un abri, de quoi les nourrir, un travail.

— Mon père faisait du porte-à-porte dans les quartiers bourgeois de Manchester. Parfois, des familles juives aisées acceptaient d'embaucher comme domestiques des réfugiés juifs allemands.

Il pratiquait la *tsedaka*, la « charité juive ». Selon ce dogme, il vaut mieux donner du travail à un pauvre plutôt que de le nourrir. On retrouve les mêmes principes chez Lao Tseu. Donne un poisson à un homme, il mangera un jour. Apprends-lui à pêcher, il mangera toute sa vie. Le père de Jack est un homme généreux, un peu rogue. Il le décrit comme un vieil anachorète en exil, éternellement nostalgique de la Pologne de son enfance.

— Ce n'était pas facile tous les jours pour ma mère, conclut Jack.

— Comment était-elle ?

— Elle, c'était mère Teresa !

— Vraiment ?

— Quand j'ai rencontré mère Teresa pour la première fois au Bangladesh, j'ai aussitôt pensé à ma mère. Ce n'était pas seulement cette dévotion aux autres, c'était aussi leur caractère très possessif qui me vient à l'esprit lorsque je pense à elles. Quand mon père est mort en 1952, cela s'est accentué. Ma mère s'inquiétait de tout pour nous.

Jack décapsule une nouvelle bouteille de Kingfisher qu'il verse dans un verre. Le jour commence à faiblir, les premiers néons aux couleurs psychédéliques s'allument, les ombres prennent le pas sur les êtres et les choses, les premiers fumets des woks de rue embaument les épices et l'ail grillé.

Une *bar mitzvah* en 1943. La musique, les chants, les danses. Et, de l'autre côté de la Manche, des convois pour les camps. Jack venait de rentrer de la ferme de Getty. Il avait 13 ans. Toute la communauté juive de Manchester vivait alors sous une chape de plomb. Jack se souvient d'un reportage dans le magazine *Picture Post*, l'équivalent de *Paris-Match*. On y montrait une photo en noir et blanc d'une devanture de boutique sur laquelle avaient été tagués une étoile de David et ces mots : « *On vacation in Dachau !* » Il ne se rappelle pas la date. Je n'ai pas vu cette photo mais elle me hante depuis que Jack m'en a parlé. À l'époque, il n'y avait pas de télévision. Jack suivait les actualités au cinéma avec ses parents. Sur l'écran immense, il a vu pour la première fois la maigreur des corps. Les os. Les yeux. Les crânes. Les jambes comme des brindilles prêtes à se casser.

De la chambre de Jack, nous écoutons la clameur de la rue comme un bruit rassurant, le bourdonnement de la vie. Comme l'eau qui s'infiltre partout et que l'on ne peut endiguer, la vie se fraie des chemins entre les morts. Une plante qui rampe, le cri d'un gecko, cet animal préhistorique ayant survécu à toutes les catastrophes, l'écoulement du Gange.

Nos héros

Après des mois d'hospitalisation à Villejuif, notre mère a été transférée dans un autre bâtiment de l'IGR, situé à Chevilly-Larue. Une banlieue oubliée des urbanistes. Ceux qui ont dessiné les plans du RER pour desservir l'Île-de-France ont laissé ainsi des no man's land insensés, ils ont imaginé une banlieue hérissée de tours, de rues quadrillées et de squares bétonnés pour parquer des familles d'immigrés, sans se préoccuper des moyens de transport. En plus d'être un ghetto désargenté, c'est une enclave dont on ne sort pas. Je me demande comment font les malades qui doivent suivre des soins hebdomadaires, les familles qui vivent loin.

Par la fenêtre de l'autobus 192 qui relie la gare de Bourg-la-Reine à l'hôpital de Chevilly, de grands ensembles gris et des pavillons sans charme. Une voix féminine enregistrée articule distinctement et suffisamment fort pour les malentendants : « Arrêt Jean Mermoz – Général de Gaulle. » Les mots résonnent étrangement à mon oreille. Des héros chacun à leur manière. Dans la mythologie, les « héros » étaient des demi-dieux. Puis ils sont devenus ceux qui ont accompli des exploits au service d'une cause ou d'une communauté. Ces personnages légendaires se distinguaient pour leur force d'âme, leur abnégation et leur courage. Aujourd'hui, nos héros sont des footballeurs ou des personnages de fiction. Ils brillent sous les flashs et les projecteurs. Pourtant, mes héros intimes, ceux que je ferai entrer dans mon Panthéon personnel, ne sont pas de ce bois-là : une femme en guerre contre un cancer et un homme dévoué aux oubliés de Calcutta.

Je pénètre dans le site de l'hôpital, le jardin est soigné, planté d'arbres anciens, d'une roseraie, de jolies allées fleuries. Le bâtiment est décati mais d'une taille plus humaine que l'autre grand centre de Villejuif. Je retrouve ma mère, son sourire creusé par la fatigue et l'amaigrissement, sa voix affaiblie à cause de ses lèvres desséchées, elle pulvérise un spray dans sa bouche pour l'hydrater avant de pouvoir parler car son organisme ne génère plus de salive. Chaque mot prononcé est un effort.

Je voudrais la divertir, lui raconter des histoires drôles, la faire rire et voyager, comme on fait avec les enfants. Trouver un moyen d'échapper au cauchemar quotidien. Tous les matins, mon corps bouillonne de colère, mais aussitôt devant elle, un poids invincible m'accable.

Il nous faut toujours un petit moment pour se retrouver toutes les deux dans cette chambre si peu hospitalière où résonnent les claquements de portes, les voix stressées des infirmières, le roulement des chariots sur le linoléum du couloir, les cliquetis des instruments. Retrouver notre complicité de mère et de fille, se toucher, s'embrasser, tenir sa main dans la mienne. Sentir sa peau, ses petites veines saillantes, réchauffer ses paumes, masser chacun de ses doigts tout doucement pour faire circuler le sang et ramener dans les extrémités un peu de vie.

Quoi dire. Quoi ajouter à la dérive. Certains préfèrent se taire. D'autres parlent sans fin pour ne pas laisser de place au silence. Certains viennent en pèlerinage. D'autres s'imaginent qu'il ne s'agit que d'un voyage, qu'après tout ira mieux. Certains prient. D'autres plaisantent. Certains pleurent. D'autres sourient. Tous espèrent. On ne choisit pas comment on réagit à cela, la maladie, la mort qui vient. On fait tous avec ce qu'on a d'amour en soi, avec nos terreurs et nos histoires, avec nos fantômes et nos forces invisibles.

Être ou ne pas être à sa place

Jack est un adolescent de gauche bien de son temps, tiraillé entre les idées sociales, le désir d'action et l'esprit de rébellion. Après avoir abandonné l'idée d'être rabbin au grand dam de sa mère, il entre dans un kibboutz, à mi-chemin entre le sionisme socialiste et le scoutisme juif, puis reçoit une bourse pour étudier à Oxford, mais doit d'abord faire ses dix-huit mois de service militaire.

— La discipline, la hiérarchie, quelle plaie ! Mais

surtout, vous n'imaginez pas combien, même après la Shoah, l'antisémitisme était encore répandu parmi les soldats.

— Vous êtes resté en Angleterre pendant votre service militaire ?

— Non, j'ai découvert Tanger. C'était mon premier voyage à l'étranger. J'ai vu la misère à ciel ouvert. Un jour, j'ai refusé de me rendre à un Conseil d'officiers. On m'a mis à la porte.

À Oxford, Jack suit alors des cours en « PPE » (politique, philosophie, économie) puis en histoire sociale et économique, il est tiraillé entre la passion qu'il voue à ses études et le sentiment désagréable de ne pas être à sa place.

— Imaginez, moi le seul juif du collège, avec mon accent de Manchester et mes origines, sans compter que j'étais nul en sport et même pas officier ! Dans ce collège huppé, fréquenté par des fils de grands bourgeois, j'avais l'air d'un pouilleux. Rien que leur accent me paralysait.

Jack se met à imiter les accents, celui de Manchester, celui d'Oxford, celui de Londres, et même celui de ses parents. Il étudie avec assiduité mais chaque week-end, il part avec son baluchon traire les vaches à la campagne.

— Si vous aviez vu la tête de mes parents ! s'exclame Jack. Ils rêvaient que je sois rabbin ou banquier, et me voyaient passer mon temps libre à la ferme. À vrai dire, j'étais plus à l'aise avec les bêtes qu'avec les gens de mon âge. Et puis l'étudiant accompli joue au tennis ou au cricket. Comment pouvais-je leur arriver à la cheville, moi qui n'avais étudié que la Torah ?

— Vous n'aviez pas d'amis ?

— J'ai quand même eu quelques amis. Des homosexuels ou des marginaux. Nous étions différents. Cela a contribué à nous rapprocher je crois.

La musique klezmer

Au moment de le quitter, je vois Jack fouiller dans ses vieux cartons. Il en sort une cassette audio couverte de poussière et un magnétophone Sony noir qui semble avoir l'âge de son propriétaire :

— C'est ma sœur qui me l'a enregistrée. J'écoute cette K7 depuis trente ans. Il paraît que ces choses-là ne sont plus commercialisées. Ni les magnétophones d'ailleurs. Mais lui aussi, il marche encore !

Purcell, Tchaïkovski, Haendel s'élèvent gravement dans la pièce et couvrent presque la musique Bollywood. Jack me raconte les gramophones aux larges corolles, les disques noirs en bakélite.

— Quelle musique écoutiez-vous enfant ?

— La musique klezmer. Vous connaissez ?

— Pas vraiment.

Jack se penche de nouveau sur la boîte en carton et saisit une nouvelle K7. Il me demande de l'insérer dans le magnétophone.

— C'est la musique juive ashkénaze, au croisement des mélodies slaves et tziganes, m'explique Jack.

Le magnétophone ronronne un peu, puis le son s'envole dans un crépitement entre les barreaux des fenêtres, les fils électriques et les antennes paraboliques. Les cordes frottées entament une danse endiablée. Des cordes pincées me chatouillent le cœur, faisant apparaître une ronde de femmes aux robes tsiganes pleines de plis, l'ondulation de leurs épaules nues, leurs gorges renversées et leurs longs cheveux noirs. Jack bat la mesure de la main sur sa cuisse. La longue plainte de l'accordéon puis la clarinette monte vers le ciel comme une exultation, éclate en rires frénétiques avant de s'éteindre presque. Un air slave dans la ville indienne. Jack semble serein, empli d'une joie retrouvée.

— Vous ne vous êtes jamais demandé ce que vous faisiez là ?

— Oh si ! Je me suis posé la question. Mais c'est ici que ma vie a un sens.

Les notes de musique flottent en apesanteur dans la pièce lourde en dépit du mouvement des pales de ventilateurs qui brassent poussivement l'air. Sous son large front bat, aussi fine qu'une aile de papillon, la paupière droite de Jack, légèrement gonflée. Et ses yeux en forme de sourire.

Brignac

Je m'allonge dans l'herbe piquante du petit pré en pente qui précède le bois, les jambes et les bras en étoile, mes cheveux bruns mêlés à la paille, je ferme les yeux puis les entrouvre à peine, juste assez pour apercevoir dans le trouble de ma myopie le soleil de septembre traverser les feuilles du tilleul et du chêne couvert de rides et de lichen, de lambeaux d'écorce, de souvenirs accrochés à ses branches.

Là, le corps collé à la chaleur de la terre, la peau tachetée d'ombres, j'entends le sol se gonfler, gronder, soupirer. Je convoque les arbres, les pierres, les nuages, les poussières de pollen dansant dans l'atmosphère, je veux qu'ils se souviennent, qu'ils me racontent les rêves de cette petite fille aux nattes blondes, si claire de peau qu'on la croyait slave. Elle aussi s'est allongée dans ce pré, casque d'or, jupe plissée, elle se réfugiait dans la lumière ou dans son chêne centenaire. À quoi rêvait-elle ?

C'est la première fois que je viens seule à Brignac. L'idée ne m'aurait pas effleurée avant. Qui serait venu seul dans cette grande maison, lieu de nos retrouvailles, des grandes tablées familiales sous le baldaquin ? Brignac est une maison de campagne, accrochée à flanc de coteau en plein cœur du Limousin, une ancienne auberge de pèlerins sur le chemin de Saint-Jacques-de-Compostelle, qui appartient à la famille depuis cinq générations. Son nom sonne à mes oreilles comme un crépitement de bois sec jeté dans la cheminée. Brignac, c'est l'odeur de renfermé des vieux livres dans le salon et des effluves de tilleul citronné le soir sous les étoiles, c'est le pré jauni par le soleil, c'est le petit bois où nous avions un peu peur de nous aventurer enfants pour aller chercher les premiers champignons à la fin de l'été, c'est la bassinoire remplie de braises qu'on passe dans les draps humides aux vacances de la Toussaint, c'est le vieux croquet avec ses maillets de couleur et ses arceaux, c'est le jeu de la grenouille avec ses palets en fonte, c'est la bonnetière de la cuisine remplie de farine et de chocolat pâtissier, c'est le puits dans le jardin, c'est le babillage de la Vienne et le grondement du train deux fois par jour dans la vallée, c'est la chasse au dahu la nuit avec des lampes-torches dans la forêt…

Certains lieux ont une âme. Ils sont habités par des esprits, des forces souterraines, des présences anciennes. Les maisons de vacances renferment dans leurs murs une charge de joie sans pareille. Celle de Brignac fait partie de ces endroits-là, encombrés de jeux en bois, d'échelles de cordes, de balançoires.

Je n'y suis pas seule parce qu'une enfant aux yeux clairs veille sur moi, elle est posée sur une étagère de la bibliothèque, en noir et blanc, dans un petit cadre ovale reposant sur une tige dorée. Un visage de femme déjà. Elle a 16 ou 17 ans peut-être, on la croirait sortie d'un tableau de Botticelli. Son grand regard étonné contraste avec le port de tête altier que lui donnent ses cheveux remontés en chignon.

Dans cette Haute-Vienne, toute en courbes et chemins creux, les feuilles mortes s'agitent dans les sous-bois au moindre mouvement, j'entends la fugue d'un mulot, les conciliabules des oiseaux, la chute d'une noisette amortie par sa petite capuche verte, la vie secrète des forêts.

Tout me parle de toi. Ton âme repose sur les hauteurs, là où la pierre est gorgée de soleil.

Une Kingfisher

Il est 11 heures passées à l'horloge de Girish Park. À l'approche de *Durga Puja*, les divinités empiètent chaque jour un peu plus sur la voie. Un *pandal* s'élève même devant la station essence. Un temple à l'effigie du dieu pétrole ? Après des salamalecs au gardien bedonnant du *Number 10*, je me faufile entre les enfants jusque dans la grotte de l'Ours.

Je lui tends une bouteille encore fraîche, achetée dans une échoppe du boulevard. Jack la saisit et demande brusquement :

— Comment saviez-vous ?

— Votre cuisine est remplie de Kingfisher vides.

— Vous voulez donc me faire boire…

Jack décapsule la bouteille à l'aide d'un couteau pendant que je prends place sur le fauteuil en bambou désormais familier.

— Ce n'est pas la bière galloise, mais elle n'est pas mal.

Il sert un verre de Kingfisher et j'ai l'audace de croire qu'il prend un certain plaisir à la boire.

— Je vais vous faire une confidence, me dit Jack avec un léger sourire malicieux.

Étonnée de l'effet si rapide de la Kingfisher, je tends l'oreille.

— J'ai travaillé dans le marketing, chuchote Jack.

Il me dit cela avec un air embarrassé et amusé.

— Vous ! Dans le marketing ?

— Oui, je vous l'avais dit, je ne suis pas du tout le type que vous imaginez !

— Ça ne devait pas être triste, remarquez.

— C'était en sortant d'Oxford en 1953, dit-il en se resservant de la bière. Au bout de six mois, je donnai ma démission pour aller travailler dans une ferme.

Jack écume toutes les fermes de la région avant d'échouer au pays de Galles. Sa mère est catastrophée.

— Travailler dans une ferme, c'était la disgrâce. Elle m'accusait de vouloir lui faire honte. Elle priait *Chema Israël*, en espérant me ramener sur « la bonne voie ». Elle répétait que c'était pour les bouseux, que je n'avais pas fait toutes ces études à Oxford pour finir comme ça…

— Votre crise d'adolescence…

— Peut-être un peu de provocation oui, avoue Jack. Surtout, j'avais besoin de quitter cet univers étriqué. Nous vivions en huis clos, nous ne fréquentions que des juifs papillotes. La guerre, étrangement, m'a permis de découvrir un autre monde. Comme si les œillères de mon enfance étaient soudain tombées.

Pembrokeshire

À Londres, Jack rencontre Maritta, une étudiante en art de Chelsea, catholique, bourgeoise et fantasque. Maritta est touchée par ce garçon un peu bohème, son humour décalé et son goût pour la vie au grand air. Jack annonce à sa mère qu'il va se marier, c'est de nouveau un tollé. Comment son fils, le futur rabbin de la famille, avait-il pu si mal tourner ? Un juif qui devient fermier et se marie avec une goy, c'était au-dessus de ses forces. Qu'avait-elle fait au bon Dieu pour mériter cela ?

— On s'est mariés en 1957, commence Jack. Ma mère est venue mais elle faisait une de ces têtes. Mon père était déjà mort à ce moment-là. Rhumatisme articulaire aigu et arthrose. Des maladies de l'époque. J'ai suivi six mois de formation dans une ferme. Nous habitions encore Londres, je faisais des allers-retours. Alun est né. Et nous avons décidé avec Maritta de partir vivre au pays de Galles.

— Elle aussi voulait vivre à la campagne ?

— Oui, du moins elle l'a cru. Et moi aussi. Comme on est naïf à 27 ans ! Sa famille venait de là-bas, elle y avait des souvenirs d'enfance. Maritta travaillait dans l'immobilier. C'est elle qui a dégoté le terrain dans le Pembrokeshire. Un endroit magnifique avec une vallée entourée de grosses collines, de forêts, et une lande qui s'enfonce dans la mer.

Le jour où Jack s'y rend pour la première fois avec Maritta, une tempête démonte le paysage. Sur la route de Cardigan à Pen Cemaes, les falaises grises tombent à pic dans la mer déchaînée, les collines ondulent, les hautes herbes se couchent. Le tonnerre jette dans l'eau des rais de lumière métallique. Électrisés par les éléments, les jeunes époux parcourent les champs, ivres d'espace et de désir. Une ferme existe déjà au creux de la vallée. Elle s'appelle Gernos. Mais Maritta a une idée. Elle va dessiner les plans d'une maison plus confortable sur le plateau pour jouir de la vue dégagée. Les travaux commencent. S'annoncent plus longs que prévu, sont ralentis par les intempéries.

— Vous pensez ! s'exclame Jack. Il fallait faire venir l'eau courante, l'électricité, des matériaux de construction au sommet de la colline. C'était des travaux titanesques. La colline en question était aussi une falaise sans autre accès que le chemin de terre menant à la ferme. Ça ne vous dit rien comme ça mais il fallait traverser la forêt et la vallée pour accéder au sommet où elle rêvait de construire la nouvelle maison. Alors, en attendant, nous nous sommes installés dans la vieille ferme en contrebas.

Jack commence par louer des vaches, vendre leur lait pour rembourser l'achat de la ferme et payer les travaux de la maison. L'hiver arrive, on fait des feux de cheminée, on installe un poêle à l'étage, mais la bâtisse est très mal isolée. Un air humide et glacé s'infiltre partout sous les portes et les fenêtres. L'électricité saute en permanence. On allume des bougies, aussitôt soufflées par les courants d'air.

Si Jack apprécie cette vie rude et goûte aux joies du travail manuel, Maritta déchante peu à peu. Ils passent ainsi trois mois sous la neige, affrontant le froid et le blizzard. Les travaux sont complètement interrompus. Ils vivent sur les réserves. Maritta répète qu'on se croirait en temps de guerre. Jack ne répond pas. Maritta se mord les lèvres.

Ce qui se trame lentement entre les murs, sous les draps est une autre guerre : sourde, invisible, sans armes ni trompettes. Jack va et vient. De la maison aux étables en contrebas, d'un hangar à l'autre. Les portes battent et ses bottes crissent dans la neige. La silhouette de Maritta se fige jour après jour. L'espace se réduit. Le chemin de terre qui mène à St Dogmaels devient impraticable, couvert de congères.

De cette vie retranchée, Jack tire une forme de joie, une étrange plénitude née du détachement des choses matérielles. Maritta ne voit pas les choses avec la même philosophie : elle n'est pas venue ici pour « survivre », elle veut « vivre ».

Dès le lever du jour, Jack quitte la froideur du lit conjugal pour la chaleur des bêtes et de l'étable. Une vie réglée comme la liturgie des Heures. Il trait les vaches matin et soir. Tous les jours vers midi, Jack apporte le lait recueilli la veille et le matin même à un transporteur. Trente kilomètres aller, trente kilomètres retour. Le transporteur achemine le lait à une usine qui teste sa qualité avant de le conditionner pour le commerce. Jack n'est payé qu'à la fin de chaque mois. Il découvre un jour que le précédent propriétaire de Gernos, sans doute acculé financièrement, avait tenté d'escroquer l'usine en coupant le lait avec de l'eau. Mais le test a révélé la fraude et le type a fait faillite.

Jack commence avec 18 vaches, 20 veaux, 30 moutons et 100 poules. Pas de taureau, c'est trop compliqué. Il fait lui-même les inséminations artificielles, la traite, l'ensilage en septembre, le maïs à semer en mai, les vêlages en hiver et parfois la nuit, le blé à moissonner et à battre en août.

— Pourquoi tant d'animaux ?

— Si je n'avais eu que les vaches, je n'aurais pas pu m'en sortir. Ce n'était pas assez rentable. Je devais jongler entre le blé, le maïs et les bêtes. Il aurait fallu être trois ou quatre. Mais les gars prêts à venir s'installer au fin fond du pays de Galles pour traire des vaches ne couraient pas les rues.

La guerre des tranchées

Un jour, la neige obstrue le pas de la porte et Jack sort par la fenêtre pour continuer à faire tourner la ferme. Maritta, retranchée dans la maison, se frotte les mains et souffle une buée tiède sur le visage de son enfant blotti contre elle.

Ils ont perdu les gestes, les mots qui réchauffent. Ils font de moins en moins de bruit. Au silence sublime des paysages enneigés se substitue le silence lourd et blessant de deux solitudes. Ils ne voient presque personne. Qui aurait voulu venir dans un trou pareil ? D'ailleurs, Maritta ne veut plus voir personne. Elle se referme comme un coquillage. Elle se sent comme une étrangère dans ce pays où l'on parle une langue de sauvages. Jack aussi, mais ne l'a-t-il pas toujours été, lui le juif polonais de Manchester ? Il entend la voix de sa mère résonner à ses oreilles : Une ferme et une goy, tu es fou mon fils !

— Plus elle plongeait, plus je m'éloignais, murmure Jack. J'étais paralysé par sa noirceur. Je ne voulais pas voir, pas comprendre.

Un couple à la Hopper dans un décor de Bruegel : Jack buté, s'activant des bêtes aux champs, tout à la mission qu'il s'est donnée, au parti qu'il a pris contre l'avis de sa mère. Homme taiseux, feignant l'indifférence pour ne pas ouvrir les vannes des reproches, des « c'était ton idée », absent par évitement. Maritta, transie de froid, déprimée par cette vie au fond de la vallée, obnubilée par la construction de la nouvelle maison qui n'avance pas. Comment s'avouer qu'on s'est trompé quand on s'est battu pour imposer ses choix ?

— Je n'arrive pas à me souvenir d'un élément déclencheur. Mais petit à petit, Maritta a refusé de me répondre, chaque mot que je prononçais suscitait des soupirs d'agacement. Alors je me suis renfermé à mon tour. Je sentais bien que son malaise augmentait et que je devenais responsable de tous ses maux. C'était de ma faute si on en était là. Son projet de maison est devenu une obsession. « Quand la maison sera finie... », répondait-elle sèchement à toutes mes tentatives de dialogue. J'étais comme un con avec mes vaches à traire, mes champs à labourer et ma femme qui ne voulait plus me parler tant que *sa* maison ne serait pas terminée. Je n'ai plus rien dit. En quelques mois, notre vie est devenue un enfer. Imaginez un peu ! C'est elle qui a choisi de nous enterrer là-bas et après elle n'a pas supporté la vie à la ferme. Mais voilà, nous nous aimions, nous avions passé des années merveilleuses à Londres ensemble. Je pensais qu'on pourrait surmonter tout ça. Il y a un âge où l'on croit naïvement que l'amour résout tout.

— Vous êtes rentrés à Londres ?

— Non. Au bout de trois ans, elle a foutu le camp. Toute seule. Avec le petit. Les travaux l'ont rendue hystérique, ça n'en finissait pas. Et cette vie au fond de la vallée.

Elle disait que nous étions « ensevelis ». Elle m'a menacé de ne plus avoir de rapports sexuels tant que la maison ne serait pas terminée. J'étais à bout. Je lui ai dit : Tu nous tues dans l'œuf. Tu détruis tout avant même que nous ayons commencé !

— Elle est partie avec votre fils ?

— Oui. Il avait à peine 3 ans.

Les mots se coincent dans sa gorge. Ses pupilles se dilatent sous la pression des larmes retenues.

— Elle a élevé Alun à Londres. Je l'aimais tellement ce *little boy*. Je l'emmenais le soir dans l'étable et nous mettions un peu de sel dans le creux de ma main que les veaux venaient lécher. Ça le faisait rire. J'étais émerveillé par sa curiosité, son petit air décidé, son innocence. Je n'ai pas compris ce qui m'arrivait. J'étais sonné.

— Jack, pourquoi n'avez-vous pas quitté la ferme avec elle ?

— Mais c'était pas *ça* le problème ! explose Jack. Le problème, c'était NOUS ! C'est un couple qui se rend compte qu'il n'a plus rien à faire ensemble ! Maritta souffrait et j'étais paralysé. Je me suis fermé comme une huître parce que je ne savais pas faire autrement. On est chacun resté sur notre position, inflexibles. Je n'aurais pas dû réagir comme ça. Ça commence par des journées entières à se faire la gueule. Puis, des soirées chacun dans son coin, en silence. Les regards fuyants, les soupirs d'exaspération, les gestes brusques, les repas qu'on ne prépare plus que pour soi. Et ce vide qui prend toute la place. On arrive à un point où on n'est même plus capable de demander de l'aide à l'autre. On finit par vivre seul à deux. Par ne presque plus voir l'autre.

— Ça a duré combien de temps comme ça ?

— C'est beaucoup plus rapide qu'on ne le croit. Quand tu as passé une semaine en chiens de faïence, que tu ne te parles plus, que tu ne te touches plus, que même la nuit tu n'arrives pas à faire une trêve, parce que même si tu voulais, même si tu te dis, bon sang, on va quand même pas continuer comme ça, tu as juste peur de te prendre une beigne, qu'on te rejette au bout du lit avec un traversin au milieu. Alors tu fais le mort, tu t'assommes de travail et tu dors. La tendresse, moins on en reçoit, moins on en donne. Les cœurs et les corps se dessèchent à force.

Ce que Jack me raconte du délitement du couple, de l'incommunicabilité de deux êtres qui se sont pourtant aimés, du silence glacé qui éloigne les corps, je l'ai vécu dans ma chair d'enfant. Les mots de Jack viennent cogner au fond de ma poitrine.

Je lui demande doucement :

— Et vous avez revu votre fils, Alun ?

— Mon fils me manquait et je n'arrivais pas à les joindre. Maritta ne voulait plus me parler. Puis, au printemps, la nature est venue me secouer. Elle m'a sorti de ma torpeur et je suis allé le voir à Londres. Maritta a accepté de me laisser seul avec lui. À chaque vacances, je prenais la jeep jusqu'à la gare de Cardiff puis le train jusqu'à Londres pour voir Alun quelques heures. Mais ces moments tournaient au supplice. On avait perdu tout lien. Il me reconnaissait à peine, il était gêné, il ne disait rien. Je l'emmenais au restaurant puis Maritta revenait le chercher. J'avais l'impression que c'était une corvée pour lui. J'étais déchiré. Je voyais ses yeux durs, je ne savais pas quoi dire. J'appréhendais les regards des gens sur nous. Je ne m'étais jamais senti à mon aise dans les endroits chics, peut-être parce que je n'ai jamais roulé sur l'or, que je n'ai jamais eu les vêtements ni les manières qu'il faut. Il y a un détail qui me frappait quand je venais le voir à Londres : sa mère me donnait toujours rendez-vous à l'entrée d'un restaurant luxueux. Si j'avais une minute de retard, elle me couvrait de reproches devant Alun et en profitait pour dire qu'elle reviendrait le chercher plus tôt. Je n'avais pas du tout les moyens de l'inviter dans des endroits pareils mais Alun insistait pour qu'on reste et il choisissait systématiquement les plats les plus chers de la carte. Pourquoi se comportait-il ainsi ? Que lui disait sa mère ? Je me sentais jugé par mon fils. Je prenais toujours soin de me changer dans le train pour ne pas sentir la ferme. J'avais peur qu'il me prenne pour un bouseux. Alun avait 5 ans quand il m'a dit un jour dans un restaurant dont j'avais à peine de quoi payer la note, si bien que je n'avais commandé qu'un potage : Moi, quand je serai grand, je serai riche. J'étais tellement déboussolé que je n'ai pas su quoi répondre. Que voulait-elle me faire payer à travers lui ?

Je regarde cet homme qu'une déferlante de souvenirs a soudain fait vieillir. De lourdes poches soulignent ses yeux clairs et ses paupières boursouflées. Trois longues rides barrent son front moucheté de taches brunes, sous son crâne presque chauve. Et je laisse divaguer mon imagination, me figurant Jack en jeune paysan bohème et taciturne, soudain ramené à l'âpreté de la vie. Le rêve du retour à la nature, de la petite maison dans la prairie n'aura pas tenu longtemps. Pendant cinq années supplémentaires pourtant, Jack est resté seul dans sa ferme de 148 acres. Les pieds dans la boue, les mains dans la fange, il s'est entêté. Chaque soir, il s'enfonçait dans son lit, vide et éreinté.

— Huit années ont passé. La solitude, au-delà d'un certain point, devient vertigineuse.

Jack est-il resté là-bas par orgueil ? A-t-il préféré son rêve à sa famille ? Pourquoi ne pas avoir tout lâché pour courir à Londres, reconquérir Maritta et retrouver son fils ? Il s'est résigné. Alun grandissant, les rendez-vous se sont espacés, le maigre lien s'est distendu. Venir jusqu'à Londres pour un déjeuner minuté avec son fils renfrogné, à quoi bon ? Jack a renoncé. Il a senti son existence lui échapper. Un jour, il s'est mis à prier. Il a retrouvé les gestes anciens de son enfance.

Dai

— Que demandiez-vous dans vos prières, Jack ?

— Je demandais qu'on m'envoie un signe. Est-ce à force d'y croire, à force d'attendre, que le *Holy Spirit* s'est manifesté ? Peut-on vérifier ces choses-là ?

Peu après le départ de Maritta et d'Alun, Jack rencontre un prêtre.

— Je ne sais pas ce que je serais devenu sans lui, me confie-t-il. Il s'appelait Father Cunnane. Je me souviens du jour où je l'ai rencontré dans sa paroisse à Cardigan. On avait exactement le même âge, le même genre d'humour, nos existences n'étaient pas très différentes. Il s'occupait des âmes humaines, moi des bêtes. Il m'a envoyé un type pour m'aider à la ferme. Dai était alcoolique mais c'était un bon gars. Il avait fait de la prison, je ne sais pas pourquoi, et je n'ai pas cherché à savoir. Un jour, il a failli se foutre en l'air en conduisant le tracteur. La route était barrée par un tronc d'arbre, Dai n'a pas dû le voir. Le tracteur a versé sur le côté.

— Il s'en est sorti ?

— Oui, heureusement, il était indemne. Mais on s'y est mis à dix pour redresser l'engin. Et cette canaille de Dai a été sauvée. Certains voisins se méfiaient de lui. Il y en a plus d'un qui l'auraient laissé crever sous le tracteur.

— Parce qu'il sortait de prison…

— Oui, les gens savaient vaguement. Et le reste n'est que le fait de l'imagination et des peurs. Bien sûr, Dai n'était pas un saint, mais c'était un homme. Parmi ceux que je soigne dans les bidonvilles, tous ne sont pas des anges non plus.

Dai habite dans une dépendance attenante à la ferme que Jack l'aide à restaurer pour la rendre habitable. Quand le père Cunnane lui envoie Dai, Jack est au bout du rouleau, il ne sait plus comment s'en sortir, plusieurs bêtes sont tombées malades, les récoltes sont mauvaises. Dai arrive. Ce n'est pas vraiment l'image que l'on se fait du messie. Une gueule de repris de justice, les traits marqués, le visage long et émacié, un corps sec mais robuste.

— Vous avez gardé des relations avec eux ?

— Oui, nous nous sommes revus souvent, Dai est venu m'aider à faire des travaux dans ma nouvelle maison à Dublin, et ils ont suivi le projet de Calcutta Rescue. On rencontre au cours d'une vie des personnes sans lesquelles on ne serait pas l'être qu'on est devenu.

Pierrot Gourmand

Ce soir-là, en rentrant dans ma chambre de Jatin das Park, j'appelle ma mère. Avec le décalage horaire, il est midi pour elle. J'entends sa voix si faible résonner dans la chambre de l'IGR, comme si elle sortait du sommeil. Elle me demande aussitôt si je ne suis pas malade, et ce que j'ai mangé aujourd'hui. Elle a toujours adoré la cuisine indienne, elle nous préparait pour Noël un délicieux curry avec des chutneys, des morceaux de mangue, de la noix de coco râpée et de la coriandre servis dans des ramequins vernissés.

Depuis plusieurs mois, elle ne peut plus rien avaler. Son estomac s'est refermé. Occlusion intestinale. Elle est nourrie par perfusion. Des poches de liquide blanc lui délivrent les apports nécessaires en protéines, glucides, vitamines… Elle a perdu le goût des choses, les odeurs, même le toucher, ses doigts et ses pieds ne ressentent plus le chaud ni le froid. La gourmandise pourtant ne l'a pas quittée, ce souvenir gustatif si vivace qu'il persiste au-delà de la perte des sens, cette mémoire prodigieuse des papilles, cette excitation qui nous gagne à l'avance à l'idée de sentir un arôme connu, cette manière d'attendre avec impatience le goût de l'aliment en bouche, suffit presque à la combler de joie. Elle dit parfois au milieu d'une conversation : Je voudrais bien des coquilles Saint-Jacques, ou de la crème de marrons, ou une gaufre à la chantilly. Bien que ce souhait ne puisse être assouvi, le souvenir ainsi exprimé, l'idée du goût sucré dans sa bouche, la représentation mentale qu'elle s'en fait et le désir qui monte en elle me donnent à la fois de la peine et de l'étonnement tant elle semble vivre cette expérience intensément.

Elle aime qu'on lui raconte le goût des choses, qu'on lui apporte des bonbons en cachette. Elle les fait fondre sous sa langue, ni vu ni connu. Elle nous commande des sucettes Pierrot Gourmand, « les vraies », celles au caramel, des bonbons à l'anis et de la réglisse que l'on introduit en douce dans sa chambre comme on aurait fourni de la drogue à un prisonnier. Mais plus surprenant que tout cela, ce fut sa découverte à l'IGR des mini-bouteilles d'Orangina. Qui aurait cru que notre mère, si sensible à l'alimentation bio, qui nous avait tenues éloignées des sodas toute notre jeunesse, puisse un jour avaler des dizaines de bouteilles d'Orangina ! Quand elle nous révéla ce nouveau vice, nous la dévisageâmes interdites, avant de hausser les épaules en riant. Quand je la revois aujourd'hui dans sa chambre d'hôpital, je me souviens de ses mimiques d'enfant prise en flagrant délit de gourmandise au moment où les bulles pétillent dans sa bouche.

Elle veut que je lui raconte ce que je fais de mes journées. Je lui dis toi d'abord. Elle répond :

— Alors aujourd'hui, tu ne devineras jamais, les infirmières ont oublié de me nourrir, m'explique-t-elle en riant. Je crois bien que cela fait quarante-huit heures que personne n'est venu m'apporter de poches alimentaires à perfuser. Moi, j'ai tellement perdu la notion du temps que je n'ai pas fait attention. Je n'ai plus la sensation de faim, je ne risquais pas de m'en apercevoir.

— Mais c'est pas possible !

— Quand elles s'en sont rendu compte, elles étaient désolées les pauvres, souffle-t-elle dans le téléphone. Tu sais, elles sont débordées.

Comment peut-elle rester si calme ? Ils ont oublié de l'alimenter. Ils l'ont oubliée, tout simplement. Sa voix est douce, enjouée même, sans colère. Il se dégage d'elle une sérénité immense, qui semble grandir à mesure que la rage et l'impuissance me dévorent.

Les moulins de Calcutta

En sortant du *Number 10*, je me rends dans l'une des cliniques créées par Jack, curieuse de rencontrer les personnes avec lesquelles il travaille. On reconnaît de loin le quartier de Tara Sankar Sarani grâce au gigantesque tank qui le domine. On croirait un édifice sorti d'un inquiétant film d'anticipation. On dirait un vieux cargo perdu dans le ciel. Plus de 40 000 tonnes d'eau.

Imaginez un colossal réservoir couvert de rouille d'une superficie d'environ 10 000 mètres carrés à une trentaine de mètres du sol sur un enchevêtrement de poutres et de piliers en acier. Je longe sans le savoir la plus grande citerne d'eau surélevée du monde. Construit au tout début du XXe siècle pour pallier les pénuries d'eau dans la ville déjà peuplée d'un million d'habitants, le Tala Tank est une prouesse d'ingénierie. Ce tank centenaire a survécu aux bombardements japonais grâce à d'ingénieux administrateurs ayant fait recouvrir d'herbe le toit du réservoir pour imiter un stade de foot vu du ciel. Sans parler du séisme de 1934 qui a ravagé la région.

À l'ombre du fameux tank suspendu, la Talapark Clinic fait figure de frêle bâtiment. Le docteur Lahiri m'accueille avec le sourire éclatant d'une dame que la beauté n'a pas quittée malgré ses 73 ans. Imposante dans son sari violet, les bras cerclés de bracelets dorés, elle est pédiatre à Talapark. Issue de la bourgeoisie indienne, elle a fait ses études de médecine à Calcutta. Quand elle a entendu parler de Jack en 2006, elle venait de prendre sa retraite.

Dans la file d'attente, tous les enfants ont sur le visage un énorme point noir. Dessiné par les mères pour éloigner le mauvais œil. Une vieille croyance hindouiste. Étrangement, je n'arrive pas à détacher mon regard de cette marque que j'associe inconsciemment à quelque chose de funeste. En Extrême-Orient, on a cette manie de vouloir éloigner les mauvais sorts : en Chine on leur donne un prénom qui désigne une tare, ici on les enlaidit pour ne pas rendre les dieux envieux.

Je retrouve le docteur Gosh, la responsable des cliniques, que j'avais rencontrée à Collin Street quelques jours auparavant. Elle est le bras droit de Jack. Un regard décidé et énergique adouci par la rondeur de son visage.

— Je vous préviens, j'ai très peu de temps, commence-t-elle d'un ton qui me rappelle celui de mon vieux Grincheux.

Elle s'affaire dans la pièce en répondant à mes questions et je vois son visage s'éclairer peu à peu.

— Docteur Jack a appris le bengali et étudié les maladies de la région. Pour lui, la médecine ne peut être dissociée de l'environnement du patient, de son alimentation, de son état psychique, de ses croyances, de sa profession et de sa situation familiale…

— Vous pensez que Calcutta Rescue pourra continuer sans Jack ?

— Il a tout fait pour que cela soit possible. Il n'a recruté que des médecins et du personnel indiens.

Me reviennent alors les mots de Jack, la veille :

— Je suis Don Quichotte.

— Vous vous battez contre des moulins ?

— Je fais du vent. Rien de plus.

Rendez-vous est fixé au Flury's, ce salon de thé chic et désuet de Park Street. Le lieu date des années 20, vitrines clinquantes, dorures, faux marbres, personnel vêtu de tabliers blancs servant d'énormes gâteaux à la crème. Un Indien d'une cinquantaine d'années, en pantalon de ville, chemise à carreaux et manches courtes, d'allure soignée, les cheveux à peine grisonnants, pousse la porte vitrée du salon de thé. Le docteur Bobby s'avance vers moi. Il a le front large, un sourire franc, des yeux noirs et bienveillants.

Il me parle avec beaucoup d'entrain et de nostalgie des années pendant lesquelles il a travaillé auprès de Jack. Il était étudiant en pédiatrie et avait 25 ans quand il a entendu parler de cet Anglais farfelu qui soignait les gens sur le trottoir. Il a rencontré Jack sur Middleton Row, sous un abri de fortune : une toile tendue aux quatre coins par des piquets en bambou. De l'aube à la nuit tombée, on le voyait s'affairer, parfois sous des ampoules bricolées.

C'est comme ça que Bobby a serré la main de Jack et échangé quelques mots. Jack lui a proposé d'ouvrir une clinique à Nimtala, au bord du Gange, où il y avait de gros besoins. En 1991, la clinique ouvre. Bobby me raconte les déboires avec la police, le gouvernement, les expulsions répétées, et l'indéfectible foi de Jack. Sa droiture. Sa vision de l'humain, au-delà des religions, des ethnies, des castes. Comment il est resté le même homme.

— Les gens normaux s'arrêtent aux limites du réel, s'en

tiennent aux barrières qui nous entravent de tous côtés. Jack voit les choses autrement. Bien sûr, il a conscience de toutes les contraintes de ce monde, mais il a une capacité à y poser un regard différent.

Le docteur Bobby a travaillé vingt-cinq ans avec Jack. Il y a quelques années, il a eu des problèmes cardiaques. Il a voulu se mettre à mi-temps. Jack n'a pas compris. Ils se sont disputés et le docteur Bobby est parti. Dans ses yeux, je vois la honte. Celle de n'être pas à la hauteur de celui qu'il admire. Celle du chien qui cherche encore la caresse de son maître qui le repousse.

En sortant du Flury's, nous nous dirigeons vers le trottoir de Middleton Row, perpendiculaire à Park Street. Aujourd'hui, c'est une allée déserte et très calme. Le seul homme que nous croisons sur le trottoir repasse des pantalons sous un auvent de fortune. C'est le pressing du quartier. Une église de style colonial, jaune pâle avec d'élégants volets blancs, se dresse au fond, à l'ombre des eucalyptus. À droite de l'église, une pension de famille complètement délabrée, autrefois très chic selon le docteur Bobby. Il se souvient des reproches des gérants qui voyaient d'un mauvais œil l'installation de la clinique de Jack sous leurs fenêtres.

Après avoir été expulsé du Bangladesh pour avoir dénoncé un trafic d'enfants, Jack a débarqué à Calcutta en 1979. Il a commencé à pratiquer la *street medicine* le long du Gange près du pont de Howrah et dans les gares de Calcutta où vivent encore de nombreuses familles sans ressources. Dans l'attente d'un permis de travail, il s'est mis à distribuer des soins et des médicaments dans Middleton

Row. Le presbytère St Thomas, situé au bout de la rue, lui octroyait alors une petite pièce où entreposer du matériel. Le local existe toujours. Bobby m'y conduit, ce n'est guère plus grand qu'une cabane de jardin. Alors qu'il n'a pas l'autorisation de pratiquer la médecine ni de travailler, et que le presbytère lui demande finalement de quitter les lieux, Jack continue de soigner les patients à même le trottoir. Et cela pendant quatorze ans, six jours par semaine, jusqu'en 1993.

Au moment de se quitter, le docteur Bobby me dit ceci :

— Jack, c'est le genre d'homme qui ne sait pas dire aux gens qu'il les aime.

L'attention

Quand je retrouve Jack dans l'après-midi au *Number 10*, il est torse nu et vêtu d'un simple caleçon à rayures. Il s'excuse de sa tenue. Sa peau est restée pâle, glabre, elle s'est légèrement flétrie avec les années, au niveau des aisselles et de la poitrine. Des taches lie-de-vin se déploient sur ses mollets enflés. Je suis gênée de le surprendre ainsi, si vulnérable. Camouflé sous ses vêtements les autres jours, Jack m'avait impressionnée par son port fier, son allant. En caleçon, je découvre un vieillard.

— Depuis que vous avez acheté de la Kingfisher dans le quartier, tout Sonagachi est en émoi, glousse Jack. Ils prétendent que je suis votre seul client. C'est une chose rare, vous comprenez… Les Népalaises prennent en général des caisses de King pour la journée. Alors, avec votre unique bouteille, vous avez vite été repérée.

— En effet, si nous sortons ainsi, vous en caleçon, et moi une bière à la main, nous allons faire jaser !

Quand Jack rit, ses yeux noisette, dont la pupille est entourée d'un liseré presque violet, brillent et sa bouche s'arrondit comme s'il soufflait dans une cornemuse.

— Revenons à des considérations plus spirituelles, Jack. Comment expliquez-vous la voix du Paraclet ?

— La seule chose que je peux dire, c'est qu'il m'accompagne chaque jour. De cela, je suis sûr.

— Mais Jack, c'est aussi une question de volonté, non ? Entreprendre sept années d'études de médecine, il faut le vouloir !

— Ça, c'est le mystère. Au moment où mon crâne s'est refermé, j'ai su que « l'idée » s'était transformée en « volonté ».

Où commence la volonté ? Où s'arrête l'Esprit saint ?

— Je priais beaucoup. J'étais plongé dans une forme d'exil depuis des années. Et j'attendais un signe. Je le guettais même éperdument et je crois que les signes apparaissent à ceux qui y sont attentifs. Je ne crois pas avoir été élu ni touché par la grâce, je crois seulement qu'arrivé à un certain stade de solitude et de quête spirituelle, quand ton corps et ta tête sont battus toute la sainte journée par les vents et les embruns salés, les conditions sont à peu près réunies pour que quelque chose puisse advenir. Je dois avouer que, dans mon cas, ce fut assez rapide.

— Le *Holy Spirit*… Depuis, vous ne doutez plus ?

Jack se moque de mon accent désastreux quand je prononce le mot *doubt.*

— Bien sûr que ça m'arrive de douter ! Je doute du bien-fondé de ce que je fais. Quand tu es un Blanc et que tu travailles dans l'humanitaire dans un ancien pays colonisé, il vaut mieux douter un peu. Depuis que je suis ici, forcément, la compassion que j'ai pour les opprimés me conduit à détester bien souvent le système et les gens qui les oppriment, parfois la culture. J'ai vu des jeunes filles qui se suicidaient ou qui étaient brûlées parce qu'elles n'avaient pas de dot pour se marier, venant d'un milieu trop pauvre.

Resurgissent dans ma mémoire les sempiternelles discussions avec mes sœurs sur le travail humanitaire et cette question centrale :

— C'est quoi « faire le bien » ?

— On ne fait jamais le bien. On est toujours à côté de la plaque si vous voulez mon avis, rétorque Jack.

— Certains un peu moins que d'autres, non ?

— Pas sûr. Notre société est creusée d'inégalités, elle est modelée par nos rapports de forces. Vous trouverez toujours des dominants et des dominés, des bourreaux et des victimes. Pourtant, nous sommes tous des hommes faits du même matériau.

En écoutant Jack tenter de me convaincre de la vanité de ce qu'il fait chaque jour, je songe que son action ne réside peut-être pas tant dans le « faire » que dans le regard qu'il pose sur les gens. Et qu'il en va de même pour les infirmières, les médecins, les psychologues, les proches qui viennent voir notre mère. Sans déprécier les exploits de la médecine, j'ai aussi la conviction que soigner commence par le regard, l'attention. *Attentio* en latin : action de tendre son esprit vers. Je trouve qu'il y a dans ce mot, dans la façon dont il fait écho à mes oreilles, de l'amour, une attente, une forme de veille et d'écoute, une délicatesse et une tendresse qui s'étirent comme une grâce.

Les invisibles

Je reconnais la jeep de Calcutta Rescue alors que je remonte l'avenue de Girish Park. Jack, vêtu d'une chemise à manches courtes et carreaux bleus, se penche à la fenêtre :

— Nous partons pour le bidonville *Number 4*. Voulez-vous nous accompagner ? me dit-il avec ce ton distingué qu'il aurait employé pour m'inviter dans son carrosse allant au bal.

C'est la première invitation galante de Jack. Pendant le trajet, nous croisons des échafaudages en bambous identiques à ceux que j'ai vus près de chez Louise. *Durga Puja*, c'est Noël puissance dix, me raconte Jack. Les quartiers rivalisent pour dresser le plus beau des *pandals*, ces autels géants dédiés à la déesse Durga. Les riverains choisissent un artiste du quartier et lui versent à hauteur de leurs moyens une somme pour la construction. Tout le piquant de la fête est qu'il faut tenir secrète, et donc emmaillotée, la statue qui y est enfermée jusqu'au jour où l'on dévoile en même temps les temples.

Nous longeons un gigantesque pont en béton surmonté d'une autoroute. Jack se souvient des travaux vingt ans auparavant et de l'irruption de cette structure disgracieuse mais nécessaire pour désengorger le trafic urbain. L'ambulance quitte la route bitumée et bifurque sous le pont. Là vivent une cinquantaine de personnes, à l'abri des intempéries et de la lumière. Le terrain est défoncé. Jack descend lentement de la jeep, sa canne en avant. Je m'avance pour l'aider. Il m'envoie promener et s'oriente cahin-caha avec sa canne, le buste droit, tel un lord anglais. Je marche à ses côtés, réglant mon pas sur le sien, et nous formons un couple étrange dans la semi-obscurité du bidonville. On ne saurait dire qui de nous deux guide l'autre : Jack se dirige à l'instinct, à la mémoire du relief peut-être, tandis que je cherche des yeux ce qu'il est possible d'entrevoir dans cette pénombre.

Il est venu ici pour la première fois peu après la construction du pont. Il a vu les générations se renouveler, les enfants naître, grandir, partir, parfois mourir. Comme dans la majorité des bidonvilles de Calcutta, ils viennent du Bihar ou du Bangladesh. Ils sont colporteurs, déchargeurs de bateaux, tireurs de rickshaws, manœuvres, balayeurs, chiffonniers, couturiers, marchands ambulants, ouvriers journaliers, prostitués, fleuristes… Les parents, les enfants et les vieux convergent vers l'ambulance. Ils connaissent Jack et les bénévoles de Calcutta Rescue. On installe un banc, on leur distribue des sacs de vivres. Les malades sont examinés. Une jeune fille tient dans ses bras un nouveau-né d'une maigreur que je n'ai jamais vue. Son visage rachitique semble inanimé, la tête basculée en arrière, ses jambes ont le diamètre d'une brindille. Ses lèvres s'ouvrent en de petits bâillements, comme s'il cherchait à boire. Jack échange avec elle en bengali et lui confie un sac rempli de lait en poudre, de riz, de bananes, de lentilles, de sucre et de farine, en plus des médicaments prescrits. La jeune mère baisse les yeux et s'éloigne sans se retourner. Je pense au corps de ma mère, si loin, si maigre, si proche de la mort.

Jack ne pousse pas le romantisme jusqu'à voir comme Don Quichotte des palais dans les baraquements de fortune que nous traversons, mais il est attentif à l'univers de chacun. Il s'approche d'un vieil homme vêtu d'un *dothi*, affairé, qui vit là. Pas de cloisons ni de séparations. Des tiges de bambous, des chutes de carton, des bouts de palissades, des bâches en polypropylène ou du linge suspendus délimitent soigneusement l'espace intime. Jack échange quelques mots en bengali avec l'homme. C'est un vieux tireur de rickshaw, le corps décharné et musclé des travailleurs, la peau cuivrée, trois rides régulières au-dessus de sourcils poivre et sel très fournis, le crâne dégarni et des cheveux gris sur les côtés coupés ras, comme sa barbe et sa moustache. Il ne s'arrêtera de travailler que pour mourir. À chaque jour suffit sa peine. Il a perdu deux enfants, sa femme est morte en couches. Jack le connaît depuis plus de vingt ans. Il s'appelle Ravi. En retrait, je les observe, il y a une distance respectueuse entre eux et, surtout, il y a cette chose étonnante que je décèle peu à peu : dans ses tâtonnements, Jack accepte sans broncher l'aide de Ravi, une main, un tabouret. Pour la première fois devant moi, il laisse voir sa vulnérabilité.

Avec des gestes déférents, Jack contourne les « pièces » de la maison imaginaire de Ravi, prend soin de ne pas bousculer d'objet. Il voit des portes et des murs là où je ne vois que du vide. Il me montre la « cuisine » quand je n'aperçois qu'un trou rempli de cendres. Cela me rappelle nos cabanes d'enfants avec mes sœurs dans le jardin. Nous inventions des murs, des fenêtres, des tables, des chaises, tout un tas d'objets invisibles que nous rendions réels par nos gestes, nos mots, nos imaginaires. Et si le secret de Jack était de traverser les mondes – ceux de l'enfance et de l'âge adulte, ceux de la fiction et du réel ? Cela expliquerait qu'il mette autant d'énergie et de conviction à œuvrer pour une cause impossible.

Jack est celui qui voit les invisibles. Et, d'une certaine manière, en écrivant sur Jack, je cherche sa part invisible.

Mère Teresa

Pendant notre traversée des mondes, Jack passe du coq à l'âne et se montre presque d'agréable compagnie tandis que sa canne hésite sur les anfractuosités du terrain. Pourtant, quand je l'interroge sur mère Teresa, il s'emporte. Lors de la béatification de la nonne en 2003, le Vatican a demandé à Jack de témoigner. Bien sûr, le travail de mère Teresa dans les camps de réfugiés au Bangladesh et auprès des pauvres de Calcutta est inestimable, a-t-il commencé. Mais il a aussi constaté les limites de l'institution religieuse. Ses propos ont choqué le Vatican. Cet art de déplaire que cultive Jack me fait sourire. Non pas pour la simple provocation mais parce qu'il a l'audace d'être fidèle à ses convictions, de ne pas être influencé par la flatterie, le pouvoir ou le politiquement correct.

— Multiplier les missions de charité qui deviennent de véritables mouroirs, dépourvus de médecins et peuplés de bonnes sœurs, ça s'appelle de l'accompagnement, pas du soin ! À quoi bon tenter de soigner des plaies, des infections ou des maladies contagieuses dans des locaux surpeuplés et non aseptisés ? s'indigne Jack, suivi par un chapelet d'enfants. Distribuer des kilos de chips et de *junk food*, même gratuite, est contre-productif. Il faut les aider à mieux se nourrir, leur offrir des aliments sains et fortifiants.

Jack poursuit avec éloquence :

— Au nom du Christ, au nom de la *magnifique* souffrance du Christ, mère Teresa préfère laisser les personnes souffrir plutôt que de leur distribuer des antalgiques, elle voit dans la pauvreté une forme de liberté. Je peux partager en partie ce point de vue, je suis persuadé que la société de consommation et du capital nous tue depuis des années. Mais il y a une réelle différence entre vivre simplement de l'essentiel et avoir faim. Mère Teresa retrouve dans la souffrance des hommes quelque chose de celle du Christ. Pour moi, la souffrance n'est JAMAIS belle. Même si elle rappelle le Christ. La pauvreté non plus. On doit lutter contre ces deux fléaux que sont la souffrance et la pauvreté car ils peuvent être endigués. Au nom de la religion, mère Teresa s'est opposée à l'avortement, à la contraception et au divorce.

Après cette vigoureuse déclaration au Vatican, Jack me raconte qu'il est rentré chez lui se faire bouillir un œuf. Quelques heures après, plié en deux sur la cuvette des toilettes, il a songé à la vengeance de mère Teresa :

— *I felt Mother Teresa was speaking to me through the egg.*

— Avez-vous fondé Calcutta Rescue pour vous démarquer de mère Teresa ?

— En partie oui ! me confie Jack. Je ne dis pas que Calcutta Rescue est parfaite, mais elle correspond davantage à ma vision du travail humanitaire. D'abord, ce n'est pas un travail de missionnaire, je ne suis pas d'accord avec la démarche d'évangélisation qui gangrène tant d'ONG dans le monde. Vous n'imaginez pas le prosélytisme qui règne dans l'humanitaire. C'est un fléau. Dans certains endroits il y a d'un côté les villageois qui se sont convertis et sont « aidés » par une ONG et de l'autre ceux qu'on laisse moisir dans leur « ignorance ». Et pourtant, j'aurais quelques raisons de mettre en avant mon expérience avec le Paraclet. Je veux pouvoir soigner quelqu'un quelles que soient sa religion, son ethnie, et même un athée ou un mécréant, un repris de justice ou un assassin.

— En tous les cas, une chose est sûre, vous ne risquez pas d'être béatifié par le Vatican, vous !

Soudain, une odeur pestilentielle envahit l'atmosphère. Jack s'exclame en français avec son formidable accent de Manchester :

— Ma chère, voici les lieux d'aisance... et la source de tous les maux.

Jack utilise l'expression française à dessein, conscient de l'euphémisme et de la contradiction qu'il recouvre ici précisément. Pour ma part, je ne vois pas de « toilettes » mais une fosse géante où bourdonnent des milliers de mouches.

— Je ne comprends toujours pas pourquoi, dans tant de pays encore, au XXIe siècle, les toilettes restent un sujet tabou, s'insurge Jack. C'est l'un des problèmes essentiels des bidonvilles.

Notre Quichotte du Bengale s'est mis en tête de construire des toilettes sèches. Et naturellement la municipalité ne veut pas considérer le problème car elle prétend que les zones de non-droit – c'est-à-dire tous les bidonvilles de Calcutta – ne sont pas de son ressort. Au-delà des défaites, des situations désespérées et sans issue, il y a Jack, son sac à dos sur l'épaule et ses pieds, l'un devant l'autre. Plus je l'observe, plus j'ai la conviction que son métier n'est ni un sacerdoce ni une philosophie de vie mais un chemin. Semé d'embûches, de surprises, de cailloux, d'éclats de soleil dans les flaques d'eau.

— Connaissez-vous l'Oberoi ? me lance Jack avec malice dans la jeep.

L'Oberoi est le Ritz de Calcutta. Un hôtel colonial luxueux situé au cœur de la ville ancienne. Interloquée, j'interroge Jack du regard dans le rétroviseur. Mystérieux et fier de son effet, il se vante :

— Figurez-vous que j'ai travaillé pour le cinéma. Je n'étais pas assez beau garçon pour être acteur, mais j'ai donné quelques conseils au réalisateur de *La cité de la joie.*

Je me demande soudain si la célébrité qu'il renie tant en apparence lui est si indifférente que cela. Nous déposons l'équipe de Calcutta Rescue près de Collin Street :

— Et pourquoi l'Oberoi ?

— Pour retrouver l'infirmière qui a suivi le tournage du film, m'explique Jack. Elle est à Calcutta pour quelques jours avec son mari. Tenez, aidez-moi à lui envoyer un message avec ce foutu téléphone. Pouvez-vous lui écrire que l'on arrive dans un quart d'heure ?

Sans faire remarquer à Jack qu'il me demande de l'aide, je m'empare du minuscule cellulaire qui ressemble à mon premier téléphone portable.

La Jawaharlal Nehru Road est bordée sur la gauche d'un parc luxuriant et sur la droite d'un immense bâtiment blanc d'architecture européenne avec des arcades néoclassiques sous lesquelles s'entassent les stands de souvenirs. Entre deux échoppes, nous pénétrons dans la cour de l'hôtel plantée de palmiers, un havre de paix à quelques mètres du tapage de la rue. Une nuée de jeunes hommes en livrée accourt. Jack n'a aucun bagage à confier. Il descend lentement de la jeep. Cela me rassure presque de deviner chez lui des signes de fatigue après cette journée à arpenter les bidonvilles. Les grooms se prosternent devant lui. Jack leur tend les mains et leur intime de se relever. Il les appelle par leurs prénoms, demande des nouvelles de leurs familles. Eux, si élégants dans leurs costumes, coiffés de casquettes et de gants blancs, chaussés de souliers vernis, accueillent cet homme en guenilles comme un père. La scène est brève. Peu de mots sont échangés mais les gestes suffisent.

Nous traversons le hall d'entrée clinquant de l'Oberoi avec nos sandales crasseuses. Un vaste miroir placé dans le hall victorien me fait immédiatement comprendre que nous ne sommes pas à notre place. Jack avec son pantalon de coton noir trop large, sa chemise au col élimé, ses sandales mal rafistolées, moi, avec ma longue jupe indienne bariolée et mon t-shirt sale de transpiration et de poussière. Aussi, il n'est guère étonnant qu'un homme, arborant un insigne doré indiquant sa fonction de « manager », s'approche pour s'enquérir de l'objet de notre visite. Il demande très poliment, mais non sans une pointe de mépris dans la voix, si nous avons une réservation. Et Jack lui répond que nous n'en avons point – ce qui paraît soulager le « manager » momentanément – mais que nous avons en revanche rendez-vous avec des amis dans le hall. Notre interlocuteur veut savoir qui sont « nos amis ». Il doute fortement que « nos amis » puissent être des clients de « son » hôtel. Après moult recherches dans ses fichiers informatisés, il admet que c'est effectivement le cas et nous autorise d'un geste à patienter dans le hall.

Jack s'avance alors vers le salon, un décor pompeux de moulures blanches et d'étoffes luxueuses. Sans gêne aucune, il s'installe au fond d'un canapé capitonné en soie couleur crème, face au piano à queue, et comme je reste debout, mal à l'aise, n'osant marcher ni sur le marbre ni sur les tapis persans, Jack insiste pour que je patiente à ses côtés sous le regard crispé du manager. Pendant que j'interroge Jack sur les grooms et comprends qu'ils viennent tous des bidonvilles que Jack fréquente, qu'il connaît leurs familles, je remarque les coups d'œil impatients du manager dans notre direction.

Au bout de vingt minutes, il faut se rendre à l'évidence : ou « nos amis » sont très en retard, ou ils ne viendront pas. À plusieurs reprises, des maîtres d'hôtel pressants viennent s'enquérir de ce que nous désirons boire. À chaque fois, Jack les renvoie aimablement puis me chuchote à l'oreille : Une bière coûte ici 20 $, tu les achètes à 2 $ dans la ruelle d'à côté ! Finalement, « nos amis » arrivent. Ils se sont perdus dans le quartier. L'infirmière s'appelle Sue. C'est une femme d'une cinquantaine d'années, pimpante et très affectueuse comme savent l'être les Américaines qui ne manquent pas une occasion de répéter que tout est *amazing* ou *so lovely*. De ce point de vue-là, Jack est vraiment très britannique. Nous traversons des corridors dont les grandes baies vitrées donnent sur une piscine et un jardin exotique, avant d'arriver dans un élégant bar de style colonial, où trône un bouquet d'oiseaux de paradis aux crêtes safran. Ce luxe feutré me fait réaliser combien le monde est cloisonné par ses milieux sociaux plus encore que par ses frontières, ses langues ou ses cultures. Il y a plus en commun entre l'Oberoi de Calcutta et le Ritz de Paris qu'entre l'Oberoi et le bidonville d'à côté.

Enfin, nous prenons place sur des fauteuils pour siroter des bières et du thé au jasmin. La conversation est animée. Sue et Jack discutent avec nostalgie du tournage, l'infirmière prend des nouvelles de Calcutta Rescue. Puis, on parle des familles des uns et des autres, et j'apprends soudain que Jack a quatre enfants, aujourd'hui dispersés en Europe. Je n'en crois pas mes oreilles ! Quatre enfants ? Pourquoi ne m'a-t-il rien dit ?

Au moment de prendre congé de nos amis et de remonter dans la jeep, Jack salue une dernière fois les voituriers tandis que je sors du grand hôtel pour me rendre au métro. Je longe l'avenue de l'Oberoi jusqu'à la station Park Street et découvre dans les premières lueurs violacées du soir une jeune femme vêtue de lambeaux exhibant ses trois enfants nus sur le trottoir. Les corps chétifs aux os saillants allongés sur le pavé, en position fœtale, les yeux mi-clos, assommés par la chaleur, pendant que la mère assise à côté d'eux tend la main à hauteur des genoux des passants pour demander l'aumône. C'est une belle femme à la peau sombre et aux traits anguleux, laissant deviner une poitrine sèche sous le tissu de sa robe, et la rage tapie dans ses yeux clairs.

Dans le ventre du tigre

Que fais-tu dans la jungle, maman ? Tu parles et je ne t'entends pas. Il y a des ombres gigantesques autour de toi. Des branches pendent des sondes et des poches de liquide blanc, des tubes en plastique sortent de l'écorce. Les arbres sont perfusés. Il faut les aider à vivre. Ils meurent, tu sais ? Les fleurs sont agrafées à des cathéters et du sang coule dans leurs pétales. Le ventre du tigre est percé de trous, je crois qu'il dort. La nature fait des bruits de métal et de goutte-à-goutte. Maman, que dis-tu quand tu parles ? Je vois tes lèvres bouger mais les sons m'échappent, couverts par la clameur. Tu avances sur une planche à roulettes, tu dis que ce n'est pas grave si ça ne roule pas, parce que de toute manière, tu voles. Tu n'aimes pas le jour car il y a des monstres qui te dévorent les entrailles, il y a des cadavres camouflés sous des blouses blanches, il y a des saints dans les branches. Pourquoi nos ombres font-elles de la lumière ? Tu demandes pourquoi tu pars déjà. Tu marches vers la lueur verte tout au bout de la forêt mais tu ne bouges pas. C'est la lumière qui se rapproche. Soudain, elle est tout près. Les lettres clignotent : le E, le X, le I et le T rampent vers toi. Leurs jambes comme des tentacules. Ma nuit te cherche. Il ne faut pas se perdre de vue, dis-tu. La pieuvre verte brille tout autour de toi. Si tu te perds, tu cries « polop », et le tigre vient, d'accord ? Si je me perds. Maman, où es-tu ? Le jour ne se lèvera plus. Dans la forêt, nos cœurs palpitent, tu les entends ? Ça fait un bruit de brindille et de pluie.

Les écorces

À la clinique des tuberculeux, je retrouve Jack, l'air toujours un peu revêche mais irrésistible avec son bob en coton blanc qui lui donne un air de touriste dans les bidonvilles :

— Hello Jack ! Comment allez-vous ?

— Impossible d'être tranquille avec vous. Tenez, voici Badu, me dit-il en espérant se débarrasser de moi.

Badu a rejoint Calcutta Rescue en 1994. Il était informaticien à l'époque et la rencontre de Jack a changé sa vie. Depuis, il est touché par la grâce. Ce n'est pas une simple formule, ça saute aux yeux. Avec sa moustache noire impeccablement taillée, ses vêtements toujours parfaitement repassés et ses gourmettes en or qui brillent au poignet, Badu a plutôt des allures d'homme d'affaires indien que d'homme à tout faire dans une asso humanitaire. Il parle avec de grands gestes et un fort accent indien :

— Cet homme répète qu'il est ordinaire. Moi, je n'en crois rien ! Ha ! Il a du tempérament, sûr ! Je l'ai même vu se disputer avec la police ! Il s'est fait arrêter à maintes reprises.

Il éclate de rire avant de dire en chuchotant :

— Cet homme-là a même fait de la prison à Calcutta. On lui reprochait de pratiquer la *street medicine*. Parfois, il est resté une nuit, parfois plus. Mais Jack est très malin, poursuit Badu en roulant le r. Dès qu'il sort de prison, il retourne dans la rue avec son sac à dos et ses médicaments. Il ne renonce jamais. Moi, je n'ai jamais vu un type pareil ! Jack a son caractère, on le connaît bien ici. Il peut se mettre en colère parfois, mais je ne l'ai jamais vu crier ni humilier quelqu'un. Tu sais comment les gens le surnomment ici ?

— Non.

— *The Father of Calcutta*, me chuchote Badu.

— Comme mère Teresa. À propos de *Father*, que sais-tu des enfants de Jack ?

— Jack, des enfants ? Non, je n'en sais rien. Ils sont peut-être en Angleterre. Tu sais que Jack a même demandé la nationalité indienne, il y a vingt ans ! s'écrie Badu. Il était prêt à abandonner son état civil anglais. Mais le gouvernement indien a refusé. Tu connais beaucoup de personnes qui sont prêtes à autant de sacrifices ?

Qui est vraiment Jack ? C'est un médecin des rues. Un Anglais à Calcutta. Un juif converti au catholicisme et aujourd'hui adepte d'un syncrétisme connu de lui seul. Un fermier reconverti dans l'humanitaire. Un garçon des faubourgs de Manchester, fils d'épiciers polonais et étudiant à Oxford. Un homme. Un amant. Un père. Quand je l'observe, il me fait penser à l'homme qui marche de Giacometti, le buste légèrement penché en avant.

Nous sommes tous faits de ces écorces qui nous protègent, nous façonnent, nous font tenir debout. Ces enveloppes renvoient aux autres une certaine image de nous et finissent parfois par nous faire croire à ce que les autres voient de nous. La silhouette de Jack se fond dans l'atmosphère, il s'intègre au paysage et je vois en lui, non pas le saint irradiant dans la lumière poussiéreuse, mais l'homme dépouillé de ses qualités, de ses fonctions, de ses identités. L'homme en creux. En relief. Avec ses ravines, ses lignes de faille, ses saillies, ses plissements, ses craquelures. À le regarder, je songe à mes propres fragilités, à toutes ces carapaces accumulées. Pour dissimuler quoi ?

Rage against the dying of the light

Jack est passé d'une vie d'ermite à l'une des villes les plus peuplées du monde. Même s'il s'est habitué au boucan du *Number 10*, il se souvient parfois avec étonnement de la solitude du pays de Galles.

— On dit que la solitude rend fou. Peut-être est-ce pour cela que j'ai entendu le Paraclet, plaisante Jack. Enfin, j'étais entouré de bêtes ! Puis j'ai commencé mes études de médecine. Et j'ai réappris à fréquenter des hommes.

À 34 ans, Jack s'inscrit au collège de Swansea, à trois heures de route de Gernos, pour suivre des cours avant de déposer sa candidature dans une fac de médecine. Il embauche alors un gars à la ferme qu'il loge et nourrit contre son travail.

— J'ai beaucoup aimé cette année-là. Les allers et retours en voiture le long de la côte. À force de passer dans ton champ, tu ne le vois plus. Tu as des gestes mécaniques.

Tu n'es plus aussi attentif à ton environnement. Alors, il faut partir, prendre du recul.

Ce rythme pendulaire entre Swansea et Gernos le fait retomber en adolescence. Avoir des professeurs, être à l'heure, rendre des copies. Jamais il n'aurait imaginé reprendre les études. Néorural avant l'heure, puis médecin sur le tard, je m'interroge sur sa double vocation, sur cette façon qu'a Jack de sans cesse sortir du sillon.

L'été, Jack héberge des étudiants qui se font de l'argent de poche et apprennent le métier en l'aidant. Cathy fait partie de ces saisonniers. La vingtaine, un joli visage rond sous ses cheveux courts en bataille, des yeux pétillants et rieurs, aussi menue et agile qu'une biche, elle arrive à Gernos comme un rayon de soleil qui viendrait éclairer une grotte restée dans l'obscurité pendant des années. Son rire éclate dans l'air devenu trop épais de silence. Désarçonné par tant de simplicité, Jack se surprend à se lever le cœur léger pour aller traire les vaches le matin. La vie prend un nouveau tournant. La douceur a fait irruption dans la rugosité du quotidien.

— Vous qui aimez la littérature, vous devez connaître Dylan Thomas… « *Do not go gentle into that good night,/ Old age should burn and rave at close of day ;/Rage, rage against the dying of the light…* », psalmodie Jack.

Sa voix est un murmure, une prière dans le paysage fracassé qui nous entoure.

— Oui ! Je me souviens du *Bois lacté.*

— *Under Milk Wood,* prononce Jack avec son irrésistible accent. Eh bien, le film a été tourné juste en dessous de ma ferme, à Fishguard ! poursuit-il. Dylan Thomas venait de Swansea. Je l'ai rencontré une fois, au Gargoyle Club à Londres, pendant mes années d'études. Je ne dis pas cela parce qu'il vient du Pembrokeshire, mais c'est le plus grand poète que j'ai jamais lu. Sa mort en 1953 a été un événement, il faut comparer cela à la mort d'un footballeur aujourd'hui ! J'avais 23 ans, lui 39. À ce moment-là, je travaillais dans une exploitation agricole près de Dartmoor. C'était notre Rimbaud. Je me souviens de l'annonce à la BBC. Fauché par la nuit… Lorsque je longeais la baie en voiture jusqu'à Swansea, deux fois par semaine, entre 1964 et 1965, je pensais à lui.

Un ange

— Allô ? Tu m'entends, maman ?

— Tu rentres quand ?

— Dans une semaine. Comment te sens-tu ?

— Tes sœurs sont là, elles me tiennent compagnie. Elles plient des origamis pour décorer ma chambre.

Je n'entends pas très bien, mais je crois qu'elle sourit dans le téléphone entre deux spasmes. Je sais qu'elle souffre de partout et qu'elle n'en dit rien. Devant le portail de ma résidence de Jatin das Park, une vache blanche vient d'apparaître dans mon champ de vision comme un papier découpé, plaqué sur le mouvement de la ville. Maman respire à l'autre bout du téléphone, j'entends dans le combiné se superposer les bruits de la chambre d'hôpital, les bip-bip réguliers des instruments de perfusion, l'écho particulier de la voix de ma mère entre les murs de béton, le carrelage et la fenêtre en double vitrage, le froissement des draps, le cliquetis de ses lunettes que je devine posées sur le petit plateau en inox de sa table de chevet. J'aperçois son corps enveloppé de draps blancs, comme un ange au-dessus de la ville indienne.

Peut-être que ce voyage, je le fais aussi pour elle. Pour venger ma mère. Pour être à sa hauteur. Parce qu'elle aimait tant voir le monde. Je l'imagine dans son lit d'hôpital, perforée de toutes parts, ses lèvres si amincies qu'elles ont presque disparu, son corps si décharné que je ne reconnais plus. Ce corps qui est aussi un peu le mien, ce corps dont je suis issue, ce corps que je n'arrive plus à regarder, à aimer. Ce corps que je déteste, ce corps malade. Ce corps qui pue déjà la mort.

Entendre ma mère à l'autre bout du monde, entendre sa voix héroïque au téléphone et ne pas voir le corps d'où émane cette voix m'arrange je crois. On ne supporte pas de voir la mort en face. En partant en Inde, j'ai voulu partir avant elle. Partir avant qu'elle ne parte à son tour. Partir avant son dernier voyage.

La nuit, le jour, depuis que je suis à Calcutta, je vois partout des corps en décomposition. Ce phénomène se produit malgré moi, je croise des gens dans la rue, des gens en bonne santé, mais j'imagine déjà leurs corps se putréfier, je vois leurs viscères, leurs squelettes, leurs chairs en lambeaux, leurs boyaux, leurs entrailles ouvertes. La dégénérescence du corps me hante, dans le miroir de la salle de bains, je regarde ma peau, j'ausculte les premiers signes d'affaissement, les prémices du déclin, je guette mes défaites, le basculement de ma vie sur la seconde pente. Je me dis : Moi, jamais. Non, jamais je n'accepterai cet état de déchéance, plutôt mourir que de supporter la souffrance, les regards apitoyés, les mouvements dégoûtés, les gestes avilissants, la dépendance. Et pourtant, quand j'entends aujourd'hui des gens s'écrier « moi jamais, plutôt mourir que d'endurer tout ça », j'ai envie de hurler, j'aimerais les y voir, eux, à 59 ans, leurs trois filles autour du lit, dans une chambre d'hôpital baignée de soleil, trouver la force de dire : Je vous aime mais je m'en vais, vous m'aimez mais ça ne suffit pas.

Dublin

L'été suivant, Cathy écrit à son fiancé à Londres qu'elle ne reviendra pas. Jack laisse la ferme à son aide. À l'arrière du bateau, les mèches de Cathy dans les yeux, ils voient la côte anglaise s'éloigner. En mer, on se croit toujours plus libre qu'à terre. On est grisé par la perte des repères, la distance avec la civilisation, la grandeur de la nature, la simplicité d'un monde en deux parties où l'eau et le ciel se répondent. L'iode se mêle à l'odeur d'essence. Le clapot des vagues au ronronnement du moteur. Timidement, Cathy s'approche de Jack, leurs coudes se touchent sur la balustrade. Il y a chez elle quelque chose de juvénile, elle sourit quand elle est gênée, elle a du mal à tenir en place, elle n'arrive pas à dissimuler son excitation. Il y a de l'amour en elle qui déborde. On a envie de la prendre dans les bras. À côté, Jack a l'air pataud sur ce pont où les épaules de Cathy attendent d'être enveloppées. Il ne sait pas bien faire avec la tendresse. Seul son regard le trahit quand il se tourne vers elle. Cathy vient peu à peu se blottir dans ses bras, elle ose même l'embrasser sur l'épaule, furtivement. Il se laisse faire. Ce voyage ne sera pas un simple aller-retour à Dublin. Un nouveau départ. Un tournant.

Ils arrivent à la nuit tombée dans le port de Dublin. Les docks et les pubs sont éclairés comme dans un décor de cinéma. Ils débarquent sans trop savoir où ils vont, déambulent dans les rues. Maintenant Jack a passé son bras autour des épaules de Cathy. Ils cherchent une auberge. Ils ont très peu d'argent. Ils finissent dans un petit hôtel sans charme en bordure de la ville, une halte de routiers aux couvertures élimées et aux rideaux gris. Ils rient de leur misère, ils s'aiment, ils sont vivants. Le lendemain, Jack postule au Royal College of Surgeons. Il est admis. Il n'en revient pas.

De retour à la ferme, Jack décide de la vendre. Mais qui voudrait d'un terrain de 148 acres battu par les vents et d'une ferme délabrée aux confins du pays de Galles ? La vente lui permet finalement d'acheter une petite maison dans le nord de Dublin et de divorcer officiellement de Maritta au terme d'une procédure interminable. En louant cette maison, il peut se payer une chambre meublée en centre-ville. Une nouvelle vie commence. Non sans des crampes aux mollets, Jack retourne sur les bancs de l'école. Ses résultats en souffrent la première année, puis il s'habitue, se passionne, rencontre des étudiants de trente nationalités différentes, fréquente l'équipe de hockey du Collège et apprend à jouer au tennis. Cathy est étudiante à Londres, elle vient le voir de temps en temps, puis de moins en moins. Jack se consacre entièrement à la médecine, il aime Cathy mais ne sait pas le lui montrer. Elle ne sait pas réclamer. Elle attend, elle espère, elle rêve déjà d'une vie à deux. Quand elle repart, Cathy a des sanglots coincés dans la gorge, elle sent son corps la quitter, son amour s'effriter comme la peinture d'un mur qui s'écaille, ce sont des fragments de couleur qui tombent, puis des pans entiers de peinture craquelée, laissant des zones brutes, nues.

Un jour, Cathy lui écrit. C'est fini. Elle ne reviendra pas. Elle a arrêté d'attendre. Elle est désolée, elle ne peut plus vivre comme cela. Elle l'aime mais il n'y a pas de vie possible avec lui.

— Elle s'est mariée avec un autre, articule Jack. Un homme stable, pas un étudiant attardé comme moi ! Je n'étais décidément pas doué pour garder une femme auprès de moi…, soupire-t-il.

— Vous avez été vexé. Vous ne vous y attendiez pas…

— J'étais aveugle, je ne pensais qu'à mes études. Je m'y consacrais totalement, je ne voulais pas voir. Cathy s'est éloignée. Je fonçais tête baissée, aveuglé. Jusqu'au jour où j'ai reçu cette lettre.

— Qu'avez-vous fait ?

— Rien. J'étais paralysé. Je la comprenais. Je m'en voulais.

— Combien d'années d'études vous restait-il ?

— Trois. Je les ai avalées comme dans un tunnel. Une fois diplômé, j'ai travaillé à la clinique de Dublin. Un soir, j'ai entendu un appel à la radio. On demandait des médecins bénévoles pour venir en aide aux réfugiés du Bangladesh après la guerre de 1971. Qu'avais-je à perdre ? Je n'avais plus de compagne, mon seul fils ne se souciait guère de moi, j'avais fini par abandonner l'idée de le voir. J'ai proposé ma candidature et elle a été acceptée. J'avais 43 ans.

Le jour se fait brumeux, avant de s'assombrir progressivement. Au loin, la ville scintillante. Ici, dans le bidonville sans électricité, la nuit épaisse comme un manteau de laine dont il faudrait repousser l'étoffe pour y voir clair. Nous regagnons la jeep, éclairés par les phares.

Je pense à mes sœurs, à leurs maraudes la nuit, à leurs missions humanitaires en Roumanie, en France, en Inde, à tous ces enfants, ces jeunes filles déjà mères, ces garçons sans repères. Je pense à l'heure où, inéluctablement, les chemins se séparent. Chacun rentre « chez soi ». Un « chez-soi » en forme de cabane, de banc, de pas-de-porte ou de grille d'aération. Un « chez-soi » surpeuplé d'inconnus, sans eau courante. Alors, les mots de Juliette vibrent en moi. C'était un soir de décembre, ma sœur terminait sa journée qu'elle avait passée à aider une famille de « nouveaux arrivants » comme on dit aujourd'hui pour éviter des termes trop politiques. À peine la famille était-elle stabilisée à un endroit donné qu'elle était aussitôt expulsée par les autorités.

Ne pas avoir de « chambre à soi ». Ne pas avoir de place. Être toujours là où il ne faut pas, mal placé, déplacé, vagabond, errant, exilé. Être toujours nulle part et sans but, puisque les lieux, quand bien même ils auraient un nom, ne signifient plus rien pour ceux qui ne peuvent pas y prendre position, qui n'ont pas le droit d'arriver quelque part.

Alors un soir, Juliette m'a dit :

— J'ai appelé partout, pour qu'ils ne dorment pas dehors ce soir, j'ai raconté leur histoire, les enfants, leur volonté de s'en sortir, et puis la nuit est tombée, ils étaient toujours sans abri. Et moi, je suis rentrée chez moi.

Je me souviens des larmes dans sa voix.

Il est presque six heures du soir. Je raccompagne Jack jusqu'à son perchoir du *Number 10* malgré ses protestations. Il s'assied essoufflé au bout de son lit.

— Vous allez me border aussi ? s'énerve-t-il.

Jack me regarde partir. Il me suit du regard jusqu'à ce que son ouïe se substitue à sa vue, puis au silence. Il pose ses mains à plat sur le sommier et lisse le drap, contrarié. Il se souvient de l'humidité glaciale des draps là-bas. Il pense au petit garçon de Gernos qui lui prenait la main pour marcher sur la plage et criait d'excitation devant les vagues.

Point de non-retour

Deux jours avant de mourir, maman m'a parlé de la mort. C'est la seule fois où elle a pu prononcer ce mot.

Avant d'entrer à Jeanne-Garnier, cette idée la terrifiait au point que la formuler était impossible. Elle ne voulait pas mourir, nous quitter, elle avait encore tant de choses à vivre. Et pourtant, nous, on la voyait approcher comme une voiture lancée à toute allure dans la nuit, ses phares blessants plantés dans nos pupilles. Avec mes sœurs, nous pouvions parler de ce sentiment qui nous déchirait : nous souhaitions et nous craignions en même temps la mort de notre mère. Nous la souhaitions pour que cesse son supplice et nous la craignions parce que nous n'imaginions pas la vie sans elle.

Dans une vie, il y a les morts que l'on sème le long de la route, et il y a la mort de notre mère. Comme un point de non-retour. Après cela, je n'ai plus eu peur de rien.

Je ne sais pas quand exactement elle a cessé d'avoir peur. Je sais que cela s'est passé dans cet établissement que l'on dit de soins palliatifs, de fin de vie, où elle a longtemps refusé d'aller. Pour elle, entrer à Jeanne-Garnier, c'était abdiquer.

— Je ne veux pas aller dans ce mouroir ! Je ne veux pas y aller. Je ne veux pas mourir !

Nous étions toutes les trois autour de son lit. Et cette phrase tombait tel un couperet. Nous n'avions pas la force de répondre. Nous savions que la mort allait venir. Nous avions seulement l'intuition qu'elle serait plus douce. Pour elle et, égoïstement, pour nous. Mais est-ce un argument recevable quand on endure la violence d'un cancer et d'une chimiothérapie depuis sept ans ? La seule dignité qu'il lui restait n'était-elle pas sa liberté ? Est-ce qu'il fallait choisir aussi cela à sa place ? Et si dire non, pour elle, était encore une manière d'exister, d'être vivante ? Est-ce que cette lutte à mort contre la mort n'était pas finalement ce qui la maintenait en vie ?

Quand un jour l'aide-soignante à domicile lui a dit : Madame, vos filles ont raison, c'est devenu dangereux, pour vous, pour elles, pour nous les soignantes. À la Maison médicale Jeanne-Garnier, vous serez en sécurité… Notre mère a failli s'étouffer de colère : Je me fiche complètement d'être en sécurité ! Vous m'avez tout pris : je ne peux plus marcher, je ne peux plus manger, je ne peux plus aller aux toilettes, je peux à peine parler tant j'ai la bouche sèche, et maintenant vous allez décider aussi où je dois dormir, puisqu'il ne me reste que ça à faire. Je veux rester chez moi ! J'ai encore toute ma tête et je sais bien que vous conspirez contre moi ! Elle a dit cela en nous regardant avec cet air empli de défiance, comme si nous étions passées à l'ennemi, comme si nous l'avions trahie.

Quelques mois plus tard, notre mère entrait finalement à Jeanne-Garnier, lasse et résignée. En remplissant les documents administratifs, je me suis aperçue qu'elle était née dans le 15e arrondissement de Paris et qu'elle s'y retrouvait de nouveau désormais. En lui faisant part de ma remarque, elle a dit : J'ai toujours rêvé d'habiter dans le 15e. Je n'aurais pas cru que j'y habiterais dans ces conditions. Je ne savais pas qu'elle avait eu ce rêve. Que savais-je d'elle en fait ? Si peu de choses. Qui était-elle vraiment ?

J'ai pris conscience soudain que, derrière la mère que je croyais connaître, se cachait une femme, une enfant, une rêveuse, une amoureuse, une autre personne que je ne connaissais pas, ou si mal. J'ai eu envie de lui poser mille questions. Je n'ai pas osé. Elle était alitée et voulait que je la distraie, que je lui apporte un peu de ce qu'elle n'avait pas ici, de la joie, de la légèreté.

À son chevet, ce qui m'obsédait de façon croissante, c'était de parler avec elle de ce que je croyais être « les choses importantes ». Comme si, à l'approche de la mort, elle aurait pu me faire quelque révélation. Maman, j'ai besoin que tu me dises quelque chose, j'ai besoin de tes mots pour vivre, tu comprends ?

J'y pensais tout le temps, j'étais presque plus terrifiée à l'idée qu'elle parte sans m'avoir parlé que par la mort elle-même. Était-ce une déformation due à mon imaginaire trop romanesque qui veut que les mourants sur leur lit de mort disent quelque chose aux vivants ? Est-ce que je n'avais pas plus peur de ne pas survivre à sa mort que de sa mort elle-même ? Qu'est-ce que j'attendais d'elle au juste ? Je ne saurai même pas le dire, hormis que j'attendais beaucoup. Je ne supportais pas qu'elle meure banalement, que notre hypothétique dernière conversation puisse être faite de considérations sur le temps qu'il fait, sur mon travail ou je ne sais quelle paperasse à remplir. J'aspirais à une mort grandiose pour elle, je voulais que sa fin soit digne de la hauteur à laquelle je la portais.

Odorico

C'était l'automne, ou plutôt l'été indien. Nous promenions notre mère en chaise roulante dans le jardin de la Maison Jeanne-Garnier. On s'étonnait des roses encore en boutons à cette saison. On parlait du dérèglement climatique, de la restauration des mosaïques Odorico dans le hall du Celtic, l'immeuble où nous avions passé une partie de nos vacances enfants en Bretagne. Depuis plusieurs années, notre mère remuait ciel et terre pour faire reconnaître l'œuvre du mosaïste qui tapissait le grand hall art déco. Elle bataillait contre des moulins et tous ceux qui avaient le mauvais goût de vouloir recouvrir ce chef-d'œuvre de linoléum ou de béton ciré. Une procédure judiciaire avait été ouverte. Il en allait du patrimoine, ou plutôt du « matrimoine ». Elle découpait tous les articles glanés dans les revues spécialisées sur cet artiste qui avait œuvré en Bretagne, dans des piscines, des hôtels, des bureaux de poste… Chercher des mosaïques d'Odorico était devenu une activité à part entière.

Il y a des noms comme ça qui peuplent votre enfance, Odorico en faisait partie pour nous au même titre qu'Hector Malot, Charlotte Perriand, Foujita, Alexandra David-Néel ou Dersu Uzala, des noms exotiques et familiers à nos oreilles, dont la sonorité vous ouvre un univers. Je ne peux plus lire ou entendre résonner ces noms aujourd'hui sans penser aussitôt à elle. Comme des courts-circuits de la pensée qui finissent par dessiner une constellation d'images, de sons, de projections.

Depuis son entrée à Jeanne-Garnier, notre mère avait repris du poil de la bête, une expression qu'elle aimait répéter, peut-être parce qu'elle a quelque chose de performatif et de sauvage. Comme si en écrivant ces mots, tout à coup, je la voyais bondir de son lit en rugissant. Nous avions l'impression d'assister à sa résurrection.

Un jour, nous revenions de notre promenade au jardin, les infirmières l'avaient aidée à rejoindre son lit, ma mère semblait assoupie, je me suis agenouillée à côté d'elle, la tête posée sur le matelas. Soudain, j'ai senti sa main dans mes cheveux, la douceur de cette caresse maternelle m'a emplie de larmes, et elle a dit ces mots comme dans un rêve : Je n'ai plus peur, tu sais. Je sais qu'il y a autre chose après. Puis elle a ajouté : N'aie pas peur. Et promets-moi ceci. Promets-moi de rester unie avec tes sœurs. C'est le plus important. Et promets-moi de faire attention à la beauté. Oui, prends soin de la beauté. J'ai promis.

Comme une odeur de fleur

Ce matin, le vacarme de la rue me surprend. Je ne m'y suis toujours pas habituée. À l'approche de *Durga Puja*, on sent palpiter dans l'air quelque chose d'indéfinissable. Partout se dressent des *pandals* encore emmaillotés, s'égosillent des enceintes mal réglées. En attendant que le marchand ambulant prépare mon petit déjeuner, je m'accroupis sur le rebord du trottoir en *squat pose* pour observer la rue à hauteur d'enfant. J'ouvre mon plan de la ville, repère Girish Park, la rivière Hooghly, un défluent du Gange, le pont de Howrah où Jack a commencé à travailler en 1979. Il m'a expliqué que la léproserie de Calcutta Rescue n'était pas très loin du pont. Je vais rejoindre Mahatma Gandhi Road, puis je bifurquerai vers l'ouest. Je déguste mon chapati aux légumes, les doigts dégoulinants de sauce épicée, sous les regards amusés des Indiens.

Traverser Calcutta à pied, c'est comme traverser Paris un jour de grève des transports, à ceci près que les gens sont moins énervés, plus résignés, ils acceptent et ils avancent. Sur les trottoirs bondés se succèdent des stands de saris, de jeans, de pyjamas. Devant une charrette débordant de fruits, je sors mon porte-monnaie et désigne une banane avec mon index, le marchand la détache d'un régime et me la tend en riant. Non non, il refuse ma monnaie. J'insiste. Il n'en est pas question, c'est un cadeau, répète l'homme avec un grand sourire.

J'aperçois le pont et l'échangeur spectaculaire qui y conduit. Camions, voitures, piétons et vaches déboulent sur ce carrefour apocalyptique. Au-dessus s'élève l'immense structure métallique reliant les deux rives de la Hooghly, le pont de Howrah, construit par les Anglais en 1932. Un monstre d'acier de plus de 26 000 tonnes s'étirant sur plus de 600 mètres. Une femme porte sur la tête un panier rempli à ras bord. Je lui emboîte le pas et découvre un immense bidonville campé en contrebas du pont sur la rive.

Vu du pont, le marché aux fleurs de Calcutta ressemble à une mosaïque. Les guirlandes et colliers de fleurs débordent des sacs en toile et des paniers en osier, tels des serpents de safran et d'ivoire. Des petites mains passent leur journée à enfiler œillets et jasmins comme des perles.

J'ai perdu la notion du temps. Quand je reprends mes esprits à la sortie du bidonville, en retrouvant l'échangeur routier, je demande mon chemin pour la clinique de Chitpur. Il suffit de longer la rivière en direction du nord. Au cœur d'un nouveau bidonville surgit un abri fait de tôle ondulée, presque un hangar. Le jour faiblit. L'atmosphère s'épaissit, un ciel ouaté, une sensation augmentée par la chaleur, le ralentissement des gestes, des battements de paupières.

À l'intérieur de la clinique, quelques patients sont assis sur de courts bancs en bois. Au-delà des corps malades, je remarque la douce animation qui règne ici. Pas de cris ni de râles de souffrance, mais quelque chose qui ressemble bien plutôt à la vie : des regards souriants, des bouts de conversations.

Un infirmier est occupé à faire des soins. Il lève les yeux quand je m'approche. Il a la vingtaine, les cheveux blonds, presque roux. Il pourrait sortir d'un bureau climatisé, vêtu d'un costume et d'une cravate assortie. La gueule du jeune cadre prometteur. Mais il a choisi de venir soigner des lépreux par 40 degrés à Calcutta. En guise de costard, un t-shirt taché de sueur et un pantalon poussiéreux. Pendant qu'il termine les soins, j'observe ses gestes précis et doux. Qu'est-ce qui pousse un jeune homme à venir soigner des lépreux à Calcutta ? J'essaie de me représenter Jack au même âge. Le garçon nettoie les plaies avec l'eau des seaux, puis il panse les malades.

Steve était garçon boucher quand il a bifurqué vers des études d'infirmier. Un jour, il a vu le film de Benoît et a proposé son aide à Calcutta Rescue. On lui a indiqué la léproserie. Il n'a pas rencontré Jack finalement, mais c'est pour les malades qu'il est venu. Il me fait penser à mes sœurs. Ses mots me renvoient à mon orgueil ridicule. Moi qui suis venue pour Jack seulement.

Steve range des instruments dans une boîte en fer qu'il confie à la pharmacienne. La clinique de fortune se vide peu à peu au moment où l'astre laiteux monte dans le ciel. Je voudrais reprendre la conversation mais les mots me manquent tant je me sens ridicule. Je n'ai qu'une peur : qu'il me demande ce que moi je fais ici. Alors, je lance maladroitement, pour meubler la conversation :

— C'est fou d'avoir choisi de venir ici !

— Je ne sais pas. Je ne suis même pas certain d'être utile. En réalité, ce qui est utile, c'est l'existence de ce lieu. J'ai mis un peu de temps à comprendre ça. Ces gens sont exclus à cause de leur maladie, ils n'ont pas de travail, certains ont été bannis de leur famille. Ici, ils se réunissent, ils parlent, ils se soutiennent en quelque sorte.

Maintenant, des feux violacés percent la couche de pollution et le ciel bas pour venir caresser les tôles ondulées des baraques alentour. Pourquoi Marguerite Duras a-t-elle écrit que la lèpre avait « une odeur de fleur » ?

De rage et de lumière

Prendre soin de la beauté. De quelle beauté parlait-elle ? Comment peut-on encore employer ce terme alors que nous sommes témoins des injustices, de la violence, de l'enlaidissement du monde ? Comment peut-elle penser à la beauté dans cet état de souffrance et d'épuisement ?

Avec quelle ardeur et quelle grâce elle se bat. Je me demande d'où lui viennent cette force d'âme, cette façon de rester si attentive aux autres, sans jamais céder au cynisme ni à la haine. Elle s'est armée de bonté comme d'autres s'arment de colère. Elle s'est élevée. De rage et de lumière.

Alors que l'on se moquait tendrement de sa générosité parfois naïve, de son aptitude à aider le premier venu et à se laisser facilement duper, je vois aujourd'hui seulement toute l'ampleur cosmique de son geste. Elle incarne l'accueil et l'offrande. En toute chose, en toute circonstance, en toute personne, elle cherche la beauté.

Deux ans après la mort de notre mère, nous avons reçu avec mes sœurs un courrier du syndicat de copropriété du Celtic indiquant que la procédure judiciaire dont notre mère avait été à l'origine pour conserver la mosaïque Odorico avait échoué. La mosaïque du hall n'avait pas pu être sauvée. Elle serait remplacée par du béton ciré. Le copropriétaire que notre mère avait réussi à convaincre de s'allier à elle pour peser dans la balance nous a envoyé ce mot : « Mon épouse et moi avons apprécié nos échanges avec votre maman. Grâce à elle, nous avons découvert l'univers magnifique d'Odorico. »

Le béton a donc recouvert les petits carrés bleus. Et j'ai compris que cette urgence à chercher partout la beauté qui habitait notre mère avait quelque chose à voir avec la proximité de la mort. Fallait-il recueillir la beauté, s'en abreuver, pour repousser la mort ? Ou bien nous la confier, nous l'offrir, dans toute son abondance, avant de partir ? Ou, comme le laboureur de La Fontaine, nous transmettre une philosophie, un état d'esprit, une disposition : pour voir la beauté, il faut être attentif à ce qui nous entoure, il faut savoir regarder. Peut-être est-ce de cette générosité du regard que surgit l'émerveillement. De cette minutieuse attention aux autres, à l'univers, jaillissait la beauté. Elle venait du cœur.

Le Bangladesh

Pendant qu'il déguste lentement ses madeleines, Jack me raconte qu'il a appelé Pamela, une vieille amie de Londres, pour organiser son voyage en Angleterre en novembre. Il doit se faire opérer des yeux là-bas.

— Et qui est Pamela ? je demande avec un ton de malice.

— C'est une amie dotée d'une sensibilité olfactive surdéveloppée ! Elle repère les gens à leur odeur. C'est terrible ! s'exclame-t-il. Nous nous sommes connus à 17 ans.

Jack reste évasif comme il sait si bien le faire. Pamela est venue souvent le voir et elle soutient financièrement Calcutta Rescue. Mais depuis qu'elle a attrapé la tuberculose, c'est Jack qui se rend une fois par an l'hiver chez elle à Londres.

— Si vous venez, je vous la présenterai.

Je prends note de l'invitation. J'ai l'impression d'être sur un échiquier et de m'approcher de la reine.

— Et vous, ça ne vous incommode pas la puanteur des bidonvilles ?

— On s'y fait. Les pires odeurs que j'ai connues, c'était à Dacca, dans les camps de réfugiés, en août 1972, au début de la mousson. Il y avait des inondations partout, de l'eau jusqu'à la taille parfois, pas un endroit où se mettre au sec, où conserver des aliments, où faire sécher ses vêtements, où avoir accès à de l'eau non souillée. Des milliers de personnes entassées dans des camps depuis neuf mois.

Après un silence, Jack articule ces mots :

— J'ai cru tomber en enfer, ça en avait l'odeur. Des files d'attente interminables pour un verre de lait, des silhouettes faméliques, des regards vides, des corps estropiés, de la vase partout. Tout manquait sur place, même l'hygiène la plus élémentaire. Nous étions noyés dans l'obscurité. Des tentes à perte de vue, balayées par les pluies incessantes. Avec les autres médecins des ONG, on soignait en plein air, à la lumière d'une lampe-tempête la nuit. La tuberculose, la malnutrition, la gale, les maladies infectieuses, gastro-intestinales, la lèpre, les infections des yeux, des oreilles, la malaria, les maladies pulmonaires, la dysenterie, le choléra… J'étais fraîchement diplômé de l'université et n'avais pas du tout étudié la plupart de ces maladies tropicales. Alors j'ai appris sur le terrain.

Que s'est-il passé au Bangladesh ? Qu'avez-vous vu ? ai-je envie de demander. Je veux comprendre ce trou béant qui a happé Jack, cette descente dans les gouffres qui a conditionné sa vie. De cet endroit-là, il n'est jamais revenu. Devant l'enfer des camps de réfugiés, Jack a senti son cœur éclater. Des larmes ont jailli de son corps sans qu'il puisse les arrêter. Des larmes venues de si loin. Un instant, je me dis que ces larmes sont celles qu'il verse sur ses propres morts. Sur mon carnet, je griffonne : *Shoah Gernos Bangladesh*, comme trois clés ouvrant sur les béances de Jack.

Rhizomes

Ce soir-là, en appelant mes sœurs, j'apprends qu'elles ont passé la nuit aux urgences. Quand je suis partie en Inde, notre mère venait d'être renvoyée chez elle, en hospitalisation à domicile. L'IGR ne pouvait plus la garder au service « Finistère ». Qu'y a-t-il après le Finistère ? Était-ce une défaite ou un espoir ? Notre mère se réjouissait de rentrer mais cette période de rémission s'est avérée une succession d'allers-retours aux urgences. La seule issue quand la codéine, le tramadol et le paracétamol ne suffisent plus à apaiser les douleurs trop aiguës.

Branle-bas de combat à la maison, réunir des affaires pour la nuit – ou plus, on ne sait jamais combien de temps durent les séjours à l'hôpital –, le téléphone, le chargeur, les deux paires de lunettes, les multiples carnets et pochettes en tissu dans lesquelles notre mère transporte toute sa vie, ses listes infinies de choses à faire, à acheter, auxquelles il faut penser.

Arrivée de nuit aux urgences : néons, spasmes, lumières vertes des sorties de secours, bips répétés des appareils électroniques, brancards dans les couloirs froids. L'attente, la peur, la colère, la fatigue, la douleur, les perfusions, la morphine, et finalement la PCA. Notre mère réclamait sa PCA comme un drogué son shoot d'héroïne. PCA pour analgésie contrôlée par le patient : il s'agit d'une pompe à morphine reliée à une intraveineuse que le patient peut déclencher lui-même à l'aide d'un interrupteur pour s'administrer des doses supplémentaires. Dans le jargon médical, on appelle cela des « bolus ».

— Ça va mieux maintenant, disent-elles. Maman dort. Elle n'a plus mal.

Cette sororité distendue que l'on vivait sans en avoir conscience m'est soudain apparue à Calcutta. Comme si tous les fils imperceptibles qui nous reliaient s'étaient soudain resserrés. Je sentais tout mon être irrigué par leur puissance. Je les trouvais si fortes mes sœurs.

Je me représentais notre mère comme un bambou géant dont le rhizome nous relierait malgré la distance.

Cette nuit-là, j'ai rêvé de l'IGR, de notre mère, de sa disparition. Nous étions toutes les trois autour de son lit, dans la chambre baignée d'une lumière si forte qu'il fallait plisser les yeux sous les origamis tournoyant au-dessus de nos têtes. Nous étions à genoux comme devant une tombe, nos têtes baissées vers le bord du lit. Maman ressemblait à une sainte enveloppée dans le drap bleu ciel de l'hôpital, ses mèches blondes autour de son visage anguleux.

Agir

Avant cette *annus horribilis*, Jack ne connaissait pas le Bangladesh. Il rêvait d'Amérique du Sud... Quand il arrive à Dacca en août 1972, les camps de réfugiés explosent. Plus de dix millions de Bengalis tentent de survivre depuis neuf mois dans ce delta situé à la confluence du Gange, du Brahmapoutre et de la Meghna. Neuf mois de guerre, de massacres, de viols. Neuf mois sans soins ni aide. Le temps d'une gestation et le temps d'un charnier.

Il faut ouvrir une carte de la région pour comprendre la complexité et l'absurdité de la situation géopolitique de ce pays maltraité par l'Histoire.

— Mettez ensemble les inondations les plus dévastatrices, la pauvreté et la densité de la population les plus fortes au monde, sans parler du découpage des frontières totalement délirant, vous avez le Bangladesh, m'annonce Jack.

À Dacca, ce que voit Jack ne se raconte pas. Pendant sept

ans, il sillonne le pays pour soigner sans penser au lendemain. Au moment où nous parlons dans la chambre du *Number 10*, des milliers de réfugiés traversent la Méditerranée.

En 1975, tandis que Jack continue de construire des camps de réfugiés au Bangladesh, en France, on vote la loi Veil, en Angleterre, on écoute Led Zeppelin, on voit *Barry Lyndon* et les Monty Python, Bob Marley chante *No Woman No Cry*, les violences reprennent en Irlande du Nord, les Khmers rouges entrent à Phnom Penh et Pasolini est assassiné sur la plage d'Ostie.

Devant l'horreur causée par la famine, les morts et les mourants jonchant les rues et la gare de Dacca, Jack ressent une montée d'adrénaline : l'action. Il obtient l'autorisation de créer une clinique médicale à Dacca. 3 000 patients le premier jour. Puis il construit un hospice, transforme des fermes en ateliers de filature. Déjà sur tous les fronts. « Agir, c'est trouver le repos », écrit Pessoa dans son *Livre de l'intranquillité*. On dirait une strophe de la *Bhagavad Gîtâ*.

En 1976, Cathy divorce et rejoint Jack au Bangladesh. Il l'épouse un an plus tard.

— Ça a duré dix ans, soupire-t-il. Ma vie avec Cathy a été en dents de scie, comme vous dites en France.

Voix archivée

Longtemps après la conversation avec mes sœurs sur la voix de notre mère que j'avais si peur d'oublier et si peur d'écouter en même temps, j'ai cherché dans mon téléphone les messages archivés. C'est incroyable la mémoire de ces engins. J'ai retrouvé des messages de notre mère qui datent de trois, quatre ans... J'avais peur de l'émotion que ça allait provoquer en moi en entendant sa voix. J'ai hésité au moment d'appuyer sur « play ».

Je n'ai pas pleuré. Au contraire, c'était doux. J'ai écouté des centaines de messages avec la voix de ma mère, je n'arrivais plus à m'arrêter, il y en avait au moins un par jour. On s'appelait plusieurs fois par jour à ce moment-là, entre les rendez-vous à l'IGR ou les visites des infirmières à domicile. Dans chaque message, elle disait je t'embrasse fort, et à chaque fois que je l'entendais me dire ça, ça m'envoyait des bouffées d'amour. Comme des vrais baisers, des caresses dans les cheveux.

— Coucou Jeanne, j'ai vu l'équipe de médecins, il n'y a pas de signe d'infection. Je sors à 13 h 30. Je t'embrasse fort.

— Coucou, ça va mieux. J'ai repris des médicaments. Ça s'est bien passé ma chimio. Je t'ai dit que mon cathéter se décrochait ? Ils l'ont raccroché. Ils m'ont donné de la cortisone. Alors tu sais, après, j'ai la pêche. Je t'embrasse fort.

— Coucou ma chérie, je suis en chimio, ils m'ont branchée, je dois finir vers deux heures. Ça va. Je t'embrasse bien. J'étais contente de passer un petit moment avec toi hier soir. C'est sympa aussi qu'on se retrouve toutes les deux. Mine de rien, j'ai mangé de la purée... Bon courage.

— Coucou ma biche, je vais entrer dans la salle de

chimio, alors je pense que ça va couper car souvent il n'y a pas de réseau. Ça va pas trop mal. Plutôt assez bien même. J'ai des nausées, mais c'est tout. Je t'embrasse fort.

— J'espère que tu vas bien. L'infirmière est partie. Je reçois les perfusions. À quelle heure tu viens ?

— Coucou chérie, c'est maman. On vient de me livrer le lit médicalisé. Ça a été un peu épique, c'est énorme, mais c'est moins épouvantable que ce que je croyais. Je t'embrasse mimi.

— Coucou Jeannette, ça va beaucoup mieux. J'ai plus du tout de douleurs. Je vais essayer de dormir un petit peu. L'infirmière doit passer dans pas longtemps pour les perfusions. Je t'embrasse fort.

— Coucou chérie, j'ai vu que tu avais essayé de me joindre. Mais j'avais mis le téléphone sur silencieux parce que j'ai dormi. Je viens de me réveiller. L'infirmière est venue ce matin. Elle a essayé un nouveau système pour les pansements de la sonde. Ça n'a pas l'air de fuir. Je t'embrasse fort.

— Coucou ma biche, ça va bien, j'ai dormi, je prends pas de morphine depuis quelques heures, écoute, il faut profiter de la vie.

— Coucou Jeanne, c'est maman, je voulais savoir si tu étais en route. Je t'embrasse fort, à tout à l'heure.

— Coucou chérie, est-ce que tu pourras me prendre à la pharmacie en venant ce soir du Synthol et des huiles essentielles à l'arnica ? C'est pour mon genou, tu sais depuis que je suis tombée, j'ai de plus en plus mal, il y a un gros bleu, enfin, il n'y a rien de cassé.

— Je voulais te dire que ça allait. Ça va. Ça va. Je t'embrasse fort. Au revoir ma biche.

C'est son dernier message enregistré sur mon téléphone.

Une aide inattendue

En 1979, Jack débarque à Calcutta pour pratiquer la *street medicine.* Commence alors un jeu du chat et de la souris harassant avec les autorités qui refusent de lui octroyer un permis de travail. Pendant un an, Jack soigne les sans-abri sur Middleton Row. Les mendiants et les familles affluent. Les autorités l'arrêtent, le relâchent, et ainsi de suite pendant plusieurs mois.

— Ils m'ont envoyé dans la prison centrale Alipore.

— Pour ça ?

— Oui ma chère. On m'accusait d'être entré en Inde sans le tampon des Frères Missionnaires de la Charité qui aurait pu justifier mon travail humanitaire en Inde, et d'avoir désobéi à l'ordre d'expulsion du territoire.

— Vous ne pouviez plus exercer dans la rue, c'est ça ?

— Oui, on voulait bien de moi sur le territoire si je restais là à ne rien faire.

De nouveau, le *Holy Spirit* lui vient en aide.

— Encore lui ?

— Tout était perdu, j'étais sur le point d'être expulsé de Calcutta, alors je suis allé prier saint Antoine de Padoue dans une chapelle. Je lui ai demandé de m'aider à continuer mon travail à Calcutta. Quelques minutes après avoir quitté la chapelle, je me suis fait arrêter. Allongé sur le sol de ma cellule cette nuit-là, dans la touffeur de la ville, j'ai repensé avec ironie à saint Antoine de Padoue.

Tu parles d'une aide divine ! Le saint qui t'envoie directement en prison.

— Le procès a duré huit ans, huit ans pendant lesquels j'ai été obligé de rester à Calcutta. Ce qui m'a permis ironiquement de continuer mon travail ! Comment ne pas penser que saint Antoine a entendu ma prière ?

— C'est de la manipulation divine, Jack ! dis-je en riant.

— Même dans les situations les plus difficiles, j'ai réussi à continuer mon travail grâce à des aides inattendues. À force, j'ai compris que je ne devais jamais renoncer. Tant pis si on n'arrive pas à se projeter sur les six prochains mois parce que les caisses sont vides. Il faut agir au moment présent. Car si on n'est pas là pour ceux qui ont besoin de nous maintenant, ils ne seront plus là dans six mois. Et ce n'est pas parce qu'on sait d'avance qu'on va perdre qu'il ne faut pas essayer.

Nous revenons au procès de Jack. Huit ans de bras de fer avec le gouvernement. Et, grâce à saint Antoine de Padoue, huit ans de *street medicine* dans les bidonvilles de Calcutta !

— Pendant le procès, ma mère est tombée malade et je suis rentré en Angleterre.

— Et n'avez-vous pas été tenté de rester avec Cathy et votre bébé ?

— J'y ai pensé, si, mais ma place était là, à Calcutta.

En paix

En mars 1983, Jack apprend la mort de sa mère par courrier.

— Je priais souvent pour que ma mère ne souffre pas. Un jour, au cours d'une prière, j'ai eu l'intuition que son corps s'apaisait. Une sensation très vive et fugace. Comme si je sentais qu'elle lâchait prise, qu'elle était en paix. Vous pouvez trouver cela étrange mais j'ai ressenti de la joie. Plus tard, j'ai réalisé que j'avais pensé à elle exactement le jour où son âme était montée au ciel.

Aujourd'hui, les mots de Jack résonnent en moi d'une façon toute particulière. Cette joie des corps en paix, comme elle m'est proche. Comme elle est complexe et vraie.

Jack a perdu sa mère et je suis en train de perdre la mienne. À ce moment-là de l'histoire, je sais que l'inéluctable va se produire mais je sais aussi que rien ne mourra. Deux pensées complètement antagonistes cohabitent en moi : d'un côté, la probabilité, étant donné la progression du cancer et l'échec des chimiothérapies, que ma mère ne survive pas longtemps. De l'autre côté, j'ai la conviction qu'elle ne va pas mourir. Je peux même avouer qu'il m'est arrivé de ressentir une forme de tranquillité : une mère ne meurt jamais. Ce n'était tout simplement pas possible. Pendant des mois, j'ai oscillé entre ces deux visions du monde, de la vie et de la mort.

Voir la vérité en face ou ne voir que sa vérité à soi, sa voix intérieure. Et, un jour, réaliser que les pôles se rejoignent. Qu'il n'y a pas d'opposition. Comme si 1 + 1 ne faisaient pas 2 mais 1. Comme si le soleil et la lune apparaissaient en même temps à l'horizon. Maman est morte et maman n'est pas morte. Cette phrase est vraie. Il a fallu que ma mère meure pour que je réalise qu'elle ne mourrait jamais.

— La vraie souffrance vient de notre résistance au changement, dit Jack.

Pour cesser d'avoir peur et de souffrir de la mort, il faut accueillir ce qui change, le considérer comme un élément du Tout, un passage vers autre chose, pas une fin absolue. Nous sommes en voyage perpétuel sur cette bonne terre, nous allons dans une direction que nous ne connaissons pas encore, la vie comme la mort sont des découvertes de contrées inconnues. Des aventures.

— Mais comment ne pas appréhender la séparation qui survient entre les vivants et les morts ?

— Pendant mes années au Bangladesh, j'ai rencontré une femme qui m'a beaucoup marqué. Elle s'appelait sœur Elizabeth O'Brien. C'était un immense docteur, elle connaissait la culture indienne, les maladies locales et le bengali. Sœur Elizabeth avait aussi une croyance puissante et chevillée au corps. Avant de mourir d'un cancer à Dacca en 1974, elle a dicté une lettre à mon attention. Elle me disait qu'après sa mort, elle prierait pour mon travail. Je n'ai pas saisi immédiatement la profondeur de ses propos même si j'étais touché de sa lettre d'adieu et de protection. C'est quand je suis retourné au Bangladesh en 1975 que j'ai compris qu'elle m'accompagnait réellement. Elle était là, elle me soutenait dans mes actions : pour trouver de l'eau, pour négocier avec un hôpital occidental et obtenir des médicaments gratuitement, pour retrouver des enfants perdus… Avant cela, je n'aurais pas cru que les morts puissent prier pour les vivants. Ce que vous appelez séparation entre les vivants et les morts est plus ténu que vous ne le croyez.

Pendant huit ans, Jack continue de pratiquer la médecine dans les bidonvilles tout en tenant tête au gouvernement indien. Le ministère de l'Intérieur du Bengale-Occidental lui propose à trois reprises de laisser tomber les accusations qui pèsent contre lui et de lui permettre de rentrer en Angleterre s'il accepte de signer un engagement garantissant qu'il ne cherchera plus jamais à revenir en Inde. Jack refuse. Le procès se poursuit jusqu'en août 1988. Jack ne peut plus faire d'aller-retour en Angleterre. Cathy et Anna viennent le voir à Calcutta. Anna a 7 ans déjà.

— Je crois que Cathy comprenait, il lui est même arrivé de m'encourager à repartir à Calcutta, malgré la solitude qu'elle endurait. Et puis, un jour, peu de temps après qu'elle fut retournée à Suffolk en 1987, où elle travaillait comme aide-soignante avec des patients handicapés, elle m'a annoncé qu'elle me quittait. C'était la deuxième fois. Elle a demandé le divorce et s'est remariée un an après.

— Vous n'avez pas essayé de rentrer pour la faire changer d'avis ?

— Non. La vie que je lui offrais n'avait rien de la vie rêvée d'un couple. Elle souffrait de mon absence. Je l'aimais mais j'avais l'impression que ce que je faisais à Calcutta devait passer avant.

The Father

Dernier jour à Calcutta. Onze heures du matin au *Number 10,* une bouteille de Kingfisher à la main. Je grimpe les escaliers à l'odeur de térébenthine et frappe à la double porte lilliputienne.

— Pourriez-vous me parler de vos enfants, Jack ? Vous en avez quatre, n'est-ce pas ? Comment s'appellent-ils ?

J'observe Jack se raidir sur le bord de son lit.

— Alun, Anuraga, Dominik et Anna.

— Et vous les voyez parfois ?

Jack avance sa main ouverte devant mon visage. Aucun mot ne sort de sa bouche mais ses yeux, tout son visage crient « STOP ! ». Soudain, je regrette d'être allée trop loin. Il y a des murs qu'il faut savoir ne pas franchir. Je me tais, je n'ose plus bouger, je fixe le sol en attendant les foudres de Jack.

Après le divorce, Jack n'a presque pas revu son premier enfant, Alun. Il était en Inde, son fils en Angleterre. Le téléphone et le courrier, il ne sait pas faire. Trop occupé. Et puis, pour dire quoi ? Jack est un taiseux. Fermier ou médecin, il travaille de ses mains, il écoute plus qu'il ne parle. Alors dans la distance, avec les liaisons téléphoniques si difficiles à Calcutta, son fils s'est éloigné, comme une image effacée par le temps. À quand remontent ses derniers souvenirs avec son fils ? C'est le genre de pensée qui surgit la nuit et que Jack écarte de toutes ses forces. Y a-t-il eu un moment où il a pris conscience de ses choix ? Quand il s'est envolé pour le Bangladesh en 1972, il n'avait aucune idée de la suite. Il est entré dans l'humanitaire comme on entre en religion. Sans compromis.

Un jour, il a reçu un coup de téléphone à Calcutta. C'était Alun. Ils étaient chacun perdus à un bout du fil, à un bout du monde. Ils ne savaient pas quoi se dire. Alun avait gambergé depuis des semaines, il était grand maintenant, il avait le droit de connaître son père, n'en déplaise à sa mère. Il avait de vagues souvenirs. Son père avait été fermier puis il était « tombé » dans l'humanitaire. Il le voyait comme un type étrange mais il arrivait à l'âge où, autant par rébellion que par quête de soi, il avait composé un numéro trouvé dans le répertoire. Cela n'avait pas fonctionné la première fois, il fallait calculer le décalage horaire et passer par le bureau de Calcutta Rescue. Il ne savait pas ce qu'il allait dire à cet homme qu'il connaissait si mal, si peu, il aurait aimé que son père lui propose de venir le rejoindre, il aurait aimé parler avec lui, écouter ses récits, peut-être même comprendre pourquoi son père était parti, pourquoi ils ne se connaissaient pas. Les questions se bousculaient dans sa tête mais dans le combiné ne résonnaient que le silence et le grésillement de la liaison téléphonique catastrophique. La conversation s'était terminée dans un chuintement bizarre de bruits discordants, on s'entendait mal, ils finirent par raccrocher, chacun regrettant de n'avoir pas parlé, un goût d'amertume dans la gorge.

Quant aux autres enfants, certains sont venus travailler comme bénévoles dans l'association. Qu'attendaient-ils ? Que cherchaient-ils ? L'un de ses fils, Anuraga, qui vit en Suisse, a essayé de réunir les quatre enfants de Jack autour de lui, il y a une dizaine d'années, alors que Jack était de passage en Angleterre. Alun, qui vit à Londres, n'est pas venu.

À quoi bon torturer cet homme ? Je ne suis pas là pour dire le bien, le mal, ni pour réparer les liens rompus. Mais je ne peux m'empêcher de m'interroger sur ce que pensent les enfants de Jack. Quel homme voient-ils ? Est-ce que les liens de filiation peuvent resurgir miraculeusement après des années de silence ? Est-ce qu'on peut pardonner à son père de n'avoir pas été là quand on avait besoin de lui ? Comment fait-on pour grandir, se construire sur des ruines, des abysses et des larmes ?

— C'est comme ça. Il ne faut pas remuer le passé. Tout est trop tard aujourd'hui, murmure Jack en faisant un geste d'impuissance.

— Mais Jack, vous pensez à eux ?

— Bien sûr que je pense à eux. Mais partir de Calcutta et abandonner ces familles démunies n'était pas possible pour moi. Il fallait choisir. Je n'ai pas été un bon père.

Ce que j'étais venue chercher – le saint, le héros, *The Father,* un autre père peut-être – n'existe pas. À la place, j'ai trouvé une terre en friche, une zone de guerre. Qu'y a-t-il de l'autre côté des broussailles, sous les ronces et les orties ? Je crois qu'il y a un père. Un père avorté, manqué, en pièces. Des tentatives de père qu'il a cherché à enterrer, et qui remontent à la surface. Un père qui n'a pas su être père. Mais qui suis-je pour juger ?

Londres

Jack m'a tendu une perche. Je l'ai saisie. J'ai pris mes billets de train pour Londres. Paddington est un des quartiers les plus chics de la capitale. La porte s'ouvre sur une belle femme d'âge mûr en blouse de soie moirée et en leggings. Pamela m'accueille avec un large sourire, ses yeux noirs et brillants nous scrutent avec curiosité. Mais ce qui me surprend surtout c'est le mélange troublant de son port de tête aristocratique et de son allure hippie. Cléopâtre et Patti Smith. Les lieux sont à l'image de sa propriétaire : un palais oriental dans une maison anglaise. Des tapis persans, des tableaux plein les murs, des sculptures farfelues, des bibliothèques croulant sous les livres d'art, des abat-jour diffusant des lumières orangées, des fleurs, une immense tapisserie indienne accrochée sur un pan de mur…

Pamela m'invite chaleureusement à prendre place dans les sofas. Jack descend l'escalier, fidèle à lui-même, dans des vêtements élimés et trop larges. Pamela sert du thé dans un service en porcelaine fine gracieusement dépareillée. Les langues se délient lentement.

Pamela et Jack étaient étudiants quand ils se sont rencontrés. Ils travaillaient dans la boutique tenue par l'oncle de Jack pour se faire de l'argent de poche pendant les grandes vacances. Pamela s'occupait des livres au rez-de-chaussée et Jack des vieux disques au premier étage.

— On se connaissait peu. Pour moi, il était le gars du premier étage, je lui avais prêté un livre et il me l'a rendu avec un parapluie en cadeau car je n'en avais pas. On s'est retrouvés à Calcutta des années plus tard. Je venais donner des cours d'art à l'université. Jack m'a très vite enrôlée dans l'ONG mais j'ai fini par attraper la tuberculose et je n'y vais plus. Je ne sais pas comment Jack n'a pas contracté plus de maladies… Vous avez vu où il vit ?

— Oui, je connais le *Number 10,* dis-je avec un sourire amusé.

Je laisse mon regard courir dans la pièce et s'arrêter sur des photos encadrées. On y voit des adolescents dans un jardin, les enfants de Pamela, adultes aujourd'hui, elle se réjouit de les recevoir bientôt pour Noël.

— Et Jack a-t-il des enfants ? je demande, ingénue.

— Oh oui…, me souffle Pamela à voix basse, un sourire en coin. L'un d'entre eux vit à Londres, son premier fils, Jack a une relation très compliquée avec lui.

Puis, Pamela me raconte à mi-voix les engagements récents de Jack en Palestine.

— Ces dernières années, lui et son frère sont allés aider des réfugiés dans une clinique à Jéricho.

— Et Jack ne m'en a pas parlé !

Soudain, Jack sent que quelque chose se trame de l'autre côté de la table et nous lance :

— Qu'est-ce que c'est que ces messes basses, mesdames ? Je suis sûr que madame la biographe est en train d'essayer de soutirer des informations croustillantes à Pamela...

— Si seulement je pouvais compter sur vous pour me les fournir, Jack... Vous avez travaillé dans une clinique palestinienne ?

— Oui, madame l'inspectrice !

— Et c'était comment ?

— Une fois, un officiel palestinien m'a interpellé devant l'hôpital, en me traitant de sale Israélien, il m'a dit de retourner chez moi. Je lui ai répondu que j'étais médecin. Il m'a répondu de déguerpir d'ici. J'ai voulu continuer de parler avec cet homme, je lui ai dit que c'était ça faire la paix, soigner chaque être humain, quel que soit son bord. Il m'a dit : Tu n'as rien compris mon pauvre vieux, nous sommes en guerre.

Désireux de changer de sujet, Jack se lève subitement et me propose une visite de la maison. Je lui emboîte le pas dans les escaliers raides, typiques des habitats londoniens. Des piles vertigineuses de livres bordent chacune des marches. Sous les combles, une grande bibliothèque et au fond du couloir une porte semble mener à un réduit. Quand Jack l'ouvre, j'en ai le souffle coupé. Elle ressemble comme deux gouttes d'eau à celle de Calcutta, la musique Bollywood et l'humidité tropicale en moins. Un lit simple, un bureau et un bordel monstre de vieilles valises entassées, de vêtements, de livres, de dossiers. Aucun objet d'art dans cette pièce si ce n'est un simple dessin au fusain accroché au mur : un nu féminin.

Propitius

Peu à peu, Jack et moi avons développé une relation moins conflictuelle qui relève davantage de la conversation entre vieux amis que de la joute des débuts. J'ai parfois l'impression que l'on se connaît depuis toujours. Nous rions de ses blagues et de mon accent, nous parlons d'art et de Calcutta, de Don Quichotte et du Bangladesh.

— *It's a pretty sick country*, dit Jack.

Comment garde-t-on espoir et foi en l'humanité après avoir vu de telles horreurs ?

— Si tu continues d'espérer, quelque chose va peut-être arriver, ce n'est pas certain, mais ça peut se produire. Si tu n'as plus d'espoir, c'est impossible.

Les mots de Jack résonnent en moi doublement, ils me guident de façon souterraine, ils me révèlent autant l'esprit de Jack que le mien. Moi qui ai tant douté de mon étrange intérêt pour Jack à ce moment de ma vie, j'ai compris que cette rencontre n'était pas anodine. En latin, *propitius* évoque une puissance divine ou occulte favorable et bienveillante, capable d'influer sur le destin des hommes.

Quelles sont les divinités qui veillent aussi délicatement sur moi ? Comment ne pas penser que cette rencontre avec Jack à ce moment de ma vie ne tient pas seulement du hasard ? Quels sont les liens secrets qui relient ma mère à Jack, mon espoir qu'elle guérisse à l'espoir que Jack met dans son travail humanitaire ? Pourquoi ai-je la sensation que, au fur et à mesure que j'écris sur Jack, apparaît en transparence, comme de l'encre sympathique sur le papier, le visage de ma mère ? Imperceptiblement, Jack joue tous les personnages de ma famille. Quand j'ai pris conscience de cette superposition ou de ce glissement, j'en ai parlé à mes sœurs. Elles ont dit : c'est ton livre, il faut que tu te sentes libre, si on le lit maintenant, ça va t'empêcher, continue.

Des pères

Avant de quitter Jack, dans le salon tamisé de Pamela, il m'a demandé de but en blanc : C'est quoi votre problème avec votre père ?

Je n'ai pas compris la question d'abord. Ou je ne voulais pas la comprendre. Je n'avais pas parlé à mon père depuis la mort de ma mère. J'avais concentré toute mon attention sur ma mère et sur Jack. J'avais évacué la question du père, nié la souffrance. J'avais construit une carapace à la place du père. Sans le savoir, j'étais partie à la recherche d'un autre père, un père qui lui non plus n'avait pas su être père. Je l'avais apprivoisé comme on apprivoise une bête sauvage. Quant à ma relation avec mon propre père, j'avais laissé les ruines se couvrir de végétation.

Vertige de ces pères en miroir. Qu'est-ce qu'on fait avec ceux qu'on n'a pas choisis, qui nous sont imposés par les liens du sang et qui nous blessent parfois malgré eux ?

De retour à Paris, j'ai repris ma vie, les visites à l'hôpital, la peur, le travail. Peu avant Noël, j'ai aidé Benoît, le réalisateur, à faire la promotion du film. Avec des amis, nous sommes partis en escadrilles pour coller des stickers et taguer Jack sur les trottoirs parisiens. En regardant la petite armée de graffeurs se déployer dans la ville, je souris. Jour après jour, la silhouette de Jack surgit au détour des rues, des trottoirs, des colonnes, des murs et des poteaux, comme des milliers de clins d'œil qu'il nous adresse. Une amie m'appelle un soir, bouleversée, après une expédition dans son quartier. Une dame l'a abordée en larmes près de la station Gambetta. Elle lui a dit en montrant la silhouette blanche de Jack peinte sur le trottoir : C'est mon père. Elle lui a demandé son nom : Anna. Et la femme est partie dans la nuit.

Et si je trouvais un jour, taguée sur un trottoir, la silhouette de mon père ? Un père qui n'a pas su l'être mais qui reste le mien, malgré tout, en dépit de tout. Un père qui m'est devenu étranger. Un père qui a oublié de nous protéger, de nous aimer, d'être là. Si je découvrais la vie qu'il a eue à côté de nous. Ce qu'il est pour d'autres. Comment d'autres le voient. Et si lui découvrait un jour ce livre de moi. Est-ce que l'on pourrait combler ce silence qui nous lie aujourd'hui ? Est-ce qu'on pourrait mettre fin à cette malédiction familiale du non-dit ? Est-ce qu'on pourrait s'aimer ?

Jack a-t-il désiré être père ? Je crois qu'il n'y a pas beaucoup pensé. C'est arrivé. Le miracle de ce petit garçon aux grands yeux émerveillés, mais aussi la douleur de leur séparation, de ce qui s'est brisé il y a si longtemps et que

Jack n'a pas su réparer. À quel moment on se rend compte qu'on a raté quelque chose dans sa vie ?

Vishuddha chakra

Depuis plusieurs jours, j'ai une sensation étrange dans la gorge, comme un morceau de pain, ce n'est pas pointu ni anguleux, c'est comme une grosse boule de mie de pain qui n'aurait pas réussi à descendre dans l'œsophage. C'est venu sans que je m'en aperçoive. Je n'y ai pas prêté attention, persuadée que ça allait passer, une mauvaise déglutition, rien de grave. Et puis, au bout de plusieurs semaines, j'ai commencé à m'inquiéter : et si je m'étouffais ? Et si c'était une tumeur ? Un cancer de la gorge ? À force de cauchemars, j'ai fini par consulter un médecin qui m'a inséré une sonde dans le fond de la gorge pour faire une radio. Le diagnostic était sans appel : il n'y avait rien. Pourtant la sensation de gêne n'a pas cessé. J'essayais de me convaincre que ce n'était rien, la sensation de mie de pain coincée dans ma gorge persistait. C'était comme un caillou dans une chaussure.

J'en ai parlé à une amie, Marie, qui était en train d'écrire un mémoire sur le chakra de la gorge. Je me disais qu'elle aurait peut-être des exercices de yoga à me proposer pour me libérer de cette gêne. Alors que je lui racontais mon histoire, je voyais ses yeux s'éclairer. Il faut dire que Marie a des yeux d'ange, d'un bleu-gris surnaturel. Elle a prononcé ces mots :

— Jeanne, tu connais l'expression « rester en travers de la gorge » ?

— Oui.

— Tu vois l'image d'un truc qui reste dans la gorge et qui ne passe pas…

— Oui.

Marie essayait en vain de m'ouvrir les yeux. Mais je ne voyais pas.

— Ce truc qui ne passe pas, tu sais que ça peut être dans ta tête.

Marie était persuadée que je somatisais. Selon elle, mon inquiétude, mes peurs étaient venues se loger au milieu de ma gorge, ça ne faisait aucun doute. Je voulais bien accepter cette version des faits mais quand même une somatisation qui dure plusieurs mois… De toute manière, somatisation ou pas, ça ne changeait rien au problème. J'avais toujours cette sensation désagréable dans la gorge.

Le lendemain de la mort de ma mère, la mie de pain a disparu.

Ithaque

Quelques mois plus tard, Jack m'apprend qu'il a décidé de quitter définitivement Calcutta pour rentrer en Angleterre :

— Ah ! vous ne pouvez pas imaginer tous les ennuis que cela m'attire ici, me confie-t-il. À Calcutta, tout le monde veut s'occuper de mes vieux restes. Vous comprenez ça, vous, qu'à mon grand âge, je n'ai même pas le choix d'aller mourir où bon me semble ?! s'écrie Grincheux. C'est étrange comme les gens aimeraient décider de votre au-delà. Figurez-vous que certains sont venus me dire qu'il serait offensant que je sois enterré à l'étranger alors que ma vie est ici. Ils ne comprennent pas que je préfère la solitude à la foule des dévots. Je suis né là-bas !

— Et après vous, Jack, que va devenir Calcutta Rescue ?

— Ah ! vous n'allez pas vous y mettre vous aussi. Après moi, eh bien, la vie continue ! Arrêtez de croire que la mort est la fin de tout.

Jack est rentré en Angleterre quelques semaines après cette conversation. Mais comme à son habitude, il a fait un dernier coup de théâtre. Au lieu de prendre l'avion prévu, il a modifié les horaires sans en parler à personne, pour prendre un vol trois jours plus tôt et se dérober aux adieux larmoyants, aux couronnes de fleurs et autres tapis rouges. Sacré Jack ! Toujours ce syndrome de la fuite, cette horreur des honneurs et ce détachement total vis-à-vis de toute reconnaissance. À Calcutta, les médecins, les infirmières, les bénévoles, les patients que Jack côtoie depuis près de quarante ans n'ont pas compris son départ. Ils auraient tant aimé pouvoir lui rendre tout ce qu'ils avaient reçu de lui. Ils se seraient battus pour prendre soin de lui, pour le traiter comme un de leurs parents, pour qu'il ne soit jamais seul, pour qu'il ne manque de rien.

Au fond de moi, je comprends le désir de Jack de rentrer dans son pays. Cet attachement à la terre de ses parents, de son enfance. Lui qui vient d'ailleurs de plus loin, d'une Pologne qu'il n'a pas connue.

— Pourquoi suis-je si loin de ma terre natale ? me demande soudain Jack.

Il me pose la question comme s'il en avait oublié la réponse. C'est la question d'Ulysse loin d'Ithaque. C'est la question de tant de réfugiés, exilés, migrants ou expatriés.

Quand j'appelle Jack pour savoir s'il est bien arrivé en Angleterre, il retourne comme à son habitude le miroir vers moi :

— Et vous, mademoiselle l'inspectrice, que faites-vous ?

— Je pars dans quelques jours au pays de Galles.

— Qu'allez-vous faire là-bas, sacrebleu ? Ce n'est pas l'endroit le plus ensoleillé où passer vos vacances.

— Je vais voir votre ferme, Jack.

— Mais vous êtes impossible !

— Vous pouvez m'expliquer comment y aller ? je demande très pragmatique.

— La ferme de Gernos, à St Dogmaels, près de Cardigan. Vous demandez aux gens, ils sauront. Et si par hasard vous trouvez Father Cunnane, s'il vous plaît, saluez-le de ma part. Il est probablement à la paroisse de Cardigan ou de Gwbert.

— Promis, Jack !

— Attention, *he is in a Catholic Church* ! Et si vous rencontrez la femme du docteur Fisher, qui a repris la ferme de Gernos, confiez-lui toutes mes condoléances pour son défunt mari. Il est mort il y a quatre ans et je n'ai pas de nouvelles depuis.

Je promets.

Dernier voyage

En quelques mois, la santé de notre mère s'est beaucoup dégradée. Elle ne cesse de s'affaiblir. Des infirmières passent trois fois par jour. Nous nous relayons avec mes sœurs pour lui rendre visite à la maison, elle dort de plus en plus. Nos échanges avec elle s'amenuisent. Sa chambre s'est transformée en salle d'hôpital, le placard des vêtements en armoire à pharmacie géante, le lit double en lit médicalisé permettant de modifier la hauteur, l'inclinaison du buste et des pieds, la jolie coiffeuse en noyer côtoie les dessertes en plastique roulantes.

Elle souffre sans interruption désormais et maigrit à vue d'œil, mais elle garde le sourire et ses beaux yeux continuent d'illuminer tout son visage. Son regard change, il a pris un éclat nouveau : la quiétude. Comme si elle avait cessé d'être en guerre.

Un jour, au mois de juillet, elle nous a dit : Je veux aller à Brignac. Nous nous sommes regardées avec mes sœurs, un peu troublées. Elle nous aurait dit avec le même aplomb qu'elle voulait aller sur la lune, cela nous aurait fait à peu près le même effet.

Nous avons essayé de la dissuader. Puis nous avons cédé. Malgré le risque du voyage, malgré les contre-indications de toutes parts. C'était son aventure. Nous étions prêtes à tout pour satisfaire ses dernières volontés. Comment allions-nous faire cinq heures de route pour rejoindre Brignac toutes les trois avec notre mère ? Hors de question d'y aller en ambulance, dit-elle, nous prendrons mon pot de yaourt. Et en avant les enfants !

On aurait cru l'exode : une voiture pleine à craquer non pas de vêtements mais de médicaments et de toute une logistique dédiée à l'hospitalisation à domicile. Une épopée et une arrivée miraculeuse dans la vieille maison remplie de souvenirs. Puis des journées entières à somnoler pour notre mère, à veiller sur elle pour nous. Une fois par jour, nous arrivions à l'installer dans une chaise longue du jardin rembourrée de coussins et de couvertures. Sous le chêne centenaire, le visage tacheté du soleil passant à travers le feuillage, entourée de tous les arbres qui l'avaient vue grandir, elle dormait. « Pâle dans son lit vert où la lumière pleut. »

Nous avons cru chaque nuit qu'elle partirait, nous nous levions à tour de rôle pour l'écouter respirer comme des parents inquiets au-dessus du berceau de leur enfant. La vie semblait en suspension dans toute la maison, il y régnait une atmosphère feutrée, tantôt troublée par un roulement de dés sur la table en bois du salon, tantôt par une odeur de gâteau dans le four. Nous priions en silence dans notre chambre, nous invoquions des dieux invisibles, des ancêtres inconnus qui la protégeraient lors de sa dernière traversée.

Quand maman est morte et qu'il a fallu décider où l'enterrer, en l'absence de toute instruction de sa part, notre regard s'est aussitôt porté vers Brignac. Vers ce dernier voyage qu'elle avait tenu à faire un mois avant de s'en aller. Et, aussi étrange que cela puisse paraître, j'ai compris ce jour-là ce que signifie « enterrer ses morts », j'ai compris ce geste ancien que nous faisons, depuis toujours, ce besoin de retourner à la terre qui nous avait vus naître, j'ai compris la façon dont sont habités les lieux, dont ils peuvent être sacrés, protégés par des fantômes bienveillants, j'ai compris que cette maison, cette terre du Limousin, était devenue ma terre, notre terre. Il y a des sentiments qui ne prennent forme qu'une fois qu'on les a expérimentés dans sa chair. Étrangement, la mort de notre mère a fait naître chez moi l'attachement à un lieu précis. Ce lieu de mon enfance, de l'enfance de notre mère et de sa propre mère avant elle. Un lieu dont je pourrais dire qu'il est « le lieu de l'enfance ».

Aujourd'hui, notre mère domine la vallée, elle dort là-haut dans le cimetière, près de la petite église en pierre de taille claire.

Pays de Galles

Quelques mois plus tard, je débarquais dans le fief de Jack, la terre qu'il avait choisie pour vivre son rêve de paysan dans les années 50. Au pays de Galles sur les traces de Jack. Le Pembrokeshire est une côte sauvage, découpée et ondulante à perte de vue, allant du jaune paille des landes au vert tendre des bocages, du rouge framboise des falaises au bleu argenté de la mer. Les routes sont étroites, sinueuses et cette langue taillée au couteau par quelque fermier gallois, charpenté sur un autre modèle que Jack, ne facilite pas les échanges.

Par miracle, Father Cunnane est encore en vie. Il a plus de 90 ans mais bon pied bon œil. Il vit dans une allée de lotissements entourés de carrés de pelouse et de nains de jardin, Cnwc Y Dintir, une route qui donne un aperçu des noms de la région. Avec son chat, Tigrane, qui a plus l'allure d'un bébé tigre que d'un matou. Il se souvient très bien de Jack.

— *How can I forget this man ?!* On a le même humour. Mais quel foutu caractère ! Attention, fait-il soudain sur la défensive, je ne suis pas responsable. Non, non, non ! Sa conversion, le *Holy Spirit*, tout ça, ce n'est pas de ma faute. Je tiens à le préciser. C'est un sacré bonhomme, l'une des plus importantes rencontres de ma vie. On ne s'est pas connus très longtemps au pays de Galles. Au début des années 60, je pense. En 65, il partait déjà à Dublin pour ses études de médecine. Mais on ne s'est jamais perdus de vue. J'allais le voir à Dublin pendant les vacances. Il est revenu souvent à Cardigan.

— Vous alliez le voir à la ferme ?

— Très peu, c'est lui qui venait à l'église de Cardigan.

Father Cunnane se défend en riant d'avoir la moindre responsabilité dans la conversion de Jack. Pourtant c'est ici, dans le comté de Cardigan, que Jack, au contact du père Cunnane, des falaises de feu, du vent assommant, du ressac et des nuits entières de solitude, a eu sa révélation.

— Un jour, c'était en 1965, Jack a appelé, j'étais absent du presbytère et c'est Jean, ma gouvernante, qui a décroché. Elle connaissait bien Jack. Il lui a confié d'une voix blanche qu'il avait reçu un message d'un certain « Paraclete ». Il se demandait qui c'était. Il avait bien compris que Dieu était venu se mêler de tout ça. Mais dans l'Ancien Testament, il n'avait pas le souvenir d'un « Paraclete ». Ce n'était pas étonnant. Dans la religion juive, le mystère de la Trinité n'existe pas. Il n'y a pas de Paraclet. Quand Jean a expliqué à Jack que le Paraclet est chez les chrétiens un des noms de l'Esprit saint, il s'est tu. Il avait compris. Seul un chrétien pouvait entendre un message du Paraclet.

Décidément, la visitation de Jack par le Paraclet est un véritable retournement ! Cela a provoqué deux choses en lui : sa conversion spirituelle et sa reconversion professionnelle. Du judaïsme au catholicisme. De la ferme à la médecine.

— Quand je suis rentré, Jean m'a tout raconté. Après cela, Jack est entré au collège de Dublin pour ses études de médecine. Il s'est converti au catholicisme là-bas. Je regrette que cela ait été fait à la va-vite, lâche-t-il soudain.

Je devine que le père Cunnane déplore de n'avoir pas lui-même baptisé Jack. Il me raconte comment il aidait Jack, en lui envoyant d'anciens détenus pour travailler à la ferme.

— Je m'occupais à l'époque de types fraîchement sortis de prison. C'est comme cela qu'on a fait équipe en quelque sorte avec Jack. Il était seul avec une terre de plusieurs hectares, des centaines de bêtes, il avait clairement besoin d'aide, même s'il ne le disait pas. Pas besoin de disserter pendant des heures avec lui. Je savais qu'il serait la bonne personne pour aider ces gars-là.

— Vous voulez dire pour la réinsertion professionnelle des prisonniers ?

— Oui. Il a fait un job formidable pour leur remettre le pied à l'étrier. Jack, c'est le genre d'homme qui méprise les puissants et qui tend la main aux faibles. Bon, il a son côté rustre mais il sait rendre sa dignité à un type qui a tout perdu.

Le vieil homme se dirige à l'aide de sa canne vers une pièce au fond de la maison, un bureau donnant sur le jardin et dont un mur entier est couvert de rayonnages de bibliothèque.

— Tenez, regardez ce portrait, fait-il en désignant un tableau accroché au mur à gauche de la porte. Devinez qui c'est, me lance-t-il à la manière de Jack.

— Heu. Non, vraiment, père Cunnane, je ne sais pas.

— C'est Dai. Un gars qui a aidé Jack à la ferme. C'est Jack qui l'a peint.

J'observe attentivement la peinture. Un grand portrait de face, un visage très allongé, osseux, avec de petits yeux perçants sous d'épais sourcils, des cheveux noirs qui se prolongent en barbe, la peau mate. Il me fait penser à l'idée que je me fais du Christ, et à certains portraits de Modigliani.

— Je ne savais pas que Jack peignait.

— Regardez ses yeux, ajoute le père Cunnane.

— Ah oui ! Ils regardent vers la gauche.

— On a l'impression qu'il nous suit du regard, vous ne trouvez pas ?

— Comme la Joconde ! Sacré Jack !

Le téléphone sonne et le père Cunnane se lève difficilement pour répondre. Il est l'heure de prendre congé.

— Au fait, Father Cunnane, connaissez-vous la route pour rejoindre la ferme de Jack ? je lui demande sur le seuil de la porte.

— Oh là ! s'écrie le prêtre. C'est si loin dans mes souvenirs. C'est du côté de Poppit Sands. Au-dessus de la plage, ajoute-t-il. *God bless you !*

Le chemin

Le jour de l'enterrement de maman à Brignac, nous étions en petit comité dans le cimetière. Les employés des pompes funèbres avaient réouvert le caveau familial où était déjà enterrée une certaine Marie-Louise Boutet, religieuse de son état, décédée en 1922. Depuis un siècle, la pierre n'avait pas été soulevée, elle s'était affaissée au gré des pluies et des mouvements du terrain, il avait fallu reconstruire la tombe, lui redonner un peu de tenue, la rassurer. Le verbe existe, on peut rassurer une muraille, un bâtiment, une construction qui menace ruine. J'aime l'idée que la tombe de ma mère a été rassurée.

Nous avions prévu avec mes sœurs d'apporter une enceinte Bluetooth, nous avions sélectionné des musiques que maman aimait bien pour les écouter au moment où elle effectuerait ce double voyage, vers la terre et vers le ciel. Car c'est ainsi que je me figurais sa mort : une double pirouette où se résoudraient la contradiction, l'opposition, la séparation, le vide. Simple inversion des repères : le ciel et la terre ne seraient plus distincts, ils ne feraient plus qu'un dans le corps de ma mère.

Mais nous avions beau être au sommet de la colline, la connexion Internet ne fonctionnait pas. La scène ressemblait à peu près à ceci : Louise essayant à tout prix de relancer la connexion, les yeux embués de larmes, Juliette et moi à ses côtés, essayant à notre tour, notre grand-mère s'impatientant « mais qu'est-ce qu'elles fabriquent ? », notre oncle essayant de l'apaiser, tout cela au cœur d'une petite assemblée hétéroclite et embarrassée de proches, d'amis, de voisins. Après des rires nerveux réfrénés, il a fallu se résigner et se recueillir en silence autour du cercueil en bois clair, en jetant des centaines de fleurs et des origamis confectionnés par ses élèves et apportés depuis Paris.

Ce cercueil, nous l'avions choisi dans un catalogue de pompes funèbres. Car c'est aussi cela enterrer ses morts, se retrouver dans une boutique avec des conseillers funéraires qui vous demandent de choisir entre le pin, le frêne, le chêne ou l'acajou, la teinte naturelle, claire, foncée, mate ou laquée, sans parler des couleurs, des formes diverses et variées, des moulures, des finitions en veux-tu en voilà, des capitons en taffetas, en soie ou en coton damassé.

— Voulez-vous des poignées en bois ou en métal ? Le

cercueil en pin massif, vous êtes sûres ? C'est le plus modeste, celui que l'on utilise pour enterrer les prêtres ou les sœurs. C'est pour ceux qui n'ont pas de quoi s'offrir mieux.

La jeune femme a dit cela d'une voix douce, presque maternelle, elle fait bien son métier, sans nous brusquer, mais sans omettre de faire passer le message : plus c'est cher, mieux c'est, et pour votre mère, vous n'allez pas mégoter… Il est vrai que c'est un acte d'achat après tout, avec ses logiques psychologiques que l'on apprend en école de commerce : ce que tu consommes dit qui tu es. Dans un monde sans repères, c'est à cela que nous sommes réduits. Nos achats nous définissent et nous serions de meilleures filles si nous achetions le cercueil le plus cher, cela va de soi. Jusque dans la mort, on est jugé sur la forme et la matière.

— Nous avons choisi. Ce sera le cercueil en bois clair, celui des pauvres comme vous dites. Dieu prend soin des pauvres, et il a une petite touche écolo qui n'est pas pour nous déplaire, avons-nous répondu.

— Vous êtes sûres ? Vous ne voulez pas regarder les autres ? On a des gammes intermédiaires. Et vous pouvez payer en plusieurs fois.

— Nous sommes sûres. Le cercueil des pauvres, madame.

Nous aurions voulu lui dire que ce n'était pas notre mère que l'on mettait en terre, mais une sainte. Qu'elle n'avait que faire de poignées en or ou de capitons en soie. Qu'elle était tellement plus grande que tout cela. Nous aurions voulu lui dire que la Gloire ne s'achète pas.

Dans l'église où a eu lieu la cérémonie à Paris le matin

de son enterrement, je ne me souviens plus de rien hormis cette foule de visages flous à travers mes larmes, et les corps de mes sœurs à côté de moi, nos mains entremêlées, nos bras noués les uns aux autres. Nous formions un roc d'amour dressé au-dessus de cette pauvre boîte en pin clair. Nous étions ce colosse de larmes. Et nous étions si fières d'elle. Nous avions décidé d'enterrer notre mère religieusement, parce que c'est la seule chose qu'elle nous ait demandé quelques jours avant de partir : voir un prêtre.

Nous marchions dans l'allée centrale entre les rangées, nos cœurs serrés les uns contre les autres, et nous sentions maman derrière nous, nous poussant doucement du front comme une lionne ferait avec ses petits dans la savane pour leur donner du courage. Allez mes filles, mes divines ! En avant !

Elle était couverte de fleurs sous le ciel haut et blanc. Elle nous avait montré le chemin. Nous savions où aller.

Retour à Gernos

La ferme de Gernos n'apparaît ni sur Google Maps ni sur le GPS de la voiture de location. Décidément, Jack a le don de s'établir dans des lieux impossibles ! Dans une maison de la presse, au fond d'un bac, je déniche de vieilles cartes pliées. L'une d'entre elles est intitulée *Landranger – Cardigan*, qui s'écrit en gallois *Aberteifi*. Les *Landranger Maps* sont l'équivalent chez nous d'une carte IGN, à ceci près qu'elles sont toujours roses et au

50 millième. On y voit la baie de Cardigan, St Dogmaels (en gallois *Llandudoch*), et des noms impossibles comme Llwyngwydd ou Glanpwllafon, avec partout cette mention écrite en rouge près des côtes : *Danger Area.* Je déplie la carte sur le comptoir et cherche dans les environs de Cardigan en longeant la côte. Le commerçant m'observe railleur et dit à voix basse mais assez haut pour que j'entende : *It's like looking for a needle in the haystack !*

Soudain, je lis *Poppit Sands* à l'endroit où la rivière se jette dans la mer et où apparaît sur la carte une longue plage jaune. Au-dessus de la grève, des courbes de niveau roses indiquent le relief, quelque chose comme un talus ou plus probablement une falaise. Puis, « Gernos », au bout d'un chemin de campagne, entouré de vert à un gros centimètre de la côte et de la mer bleue. Trois petits carrés couleur saumon sont dessinés, sans doute les trois corps de la ferme. Et non loin, en lettres gothiques, un lieu qui laisse présager le pire : *Burnt Mounds,* les tertres brûlés. Je ne trouve pas d'autre *Gernos* sur la carte et décide de tenter ma chance. Je prends la carte et un CD de Richard Burton lisant *Under Milk Wood* de Dylan Thomas. Autant dire que je suis armée pour la route.

Et la route s'avère belle de Cardigan à Gernos. Elle longe l'estuaire, traverse un charmant village, St Dogmaels, où j'imagine que Jack venait s'approvisionner. L'abbaye domine le village et donne sur la mer au loin. C'est une simple église en pierres, étroite, percée de deux longs vitraux qui s'étirent sous le clocher comme deux grands yeux, un toit recouvert d'ardoise particulièrement pentu, des renforts aux angles mais point de créneaux comme dans la plupart des églises de la région. Les croix qui s'élèvent discrètement au sommet de la bâtisse sont étonnantes par leur rondeur et rappellent l'ordre des Bénédictins qui ont fondé l'abbaye. Voilà la petite église de Jack, me dis-je intérieurement.

L'abbaye date du XIIe siècle, ses ruines me rappellent celles des Vaux de Cernay dans la vallée de Chevreuse où nous allions souvent nous promener avec ma mère et mes sœurs quand la neige recouvrait la pierre. Chaque hiver, maman s'émerveillait comme une enfant devant le lac gelé et ce décor shakespearien.

À l'intérieur de la Coach House attenante aux ruines et qui sert vaguement de musée, je jette un coup d'œil aux prospectus éparpillés sur la table. J'apprends qu'un marché de producteurs locaux et bio vient d'être créé sur le site de l'abbaye et qu'un numéro d'urgence est proposé aux fermiers et agriculteurs : « *Farmers, we are here to listen and ready to help* », soit en gallois : « *Ffermwyr, rydym yn barod i wrando a chynorthwyo* ». Si Jack était resté ici, serait-il passé à l'agriculture bio ou aurait-il essayé de se suicider en conduisant son tracteur à toute vitesse sur la falaise ?

Le ciel est couvert sur la route de Gernos. La chaussée semble se resserrer à mesure que je m'approche du but. L'impression d'étroitesse est accentuée par le fait que les routes ont l'air d'avoir été creusées comme des tranchées à travers les champs surélevés de chaque côté. Après bien des détours, je touche au but : une barrière en bois ouverte et un écriteau rouge que l'on distingue à peine sous les herbes sauvages : « GERNOS » puis « NO RIGHT OF WAY ».

Comment Jack a-t-il eu l'idée de s'enterrer là ? Le paysage est inspirant, certes, vallonné et vert au soleil, avec la mer au bout de la falaise. Mais, dès qu'un nuage gris passe dans le ciel, le tableau vire au cauchemar. La forêt s'arc-boute en formes effrayantes, les prés à perte de vue vous flanquent le vertige, la vallée encaissée s'assombrit et se transforme en ravin. La pluie ne tombe jamais seule ici, elle s'abat en rafales de vent qui vous fouettent le visage.

Pour l'heure, il faut franchir le premier obstacle : une grille métallique posée horizontalement au sol et faite de barres faiblement espacées entre lesquelles une vache ou un cheval se prendrait les pieds. Le domaine est immense, l'herbe grasse. Des cumulus projettent des taches d'ombre dans les champs. Les fougères, les ronces et les branches de sapin frottent la voiture de chaque côté. Au bout du chemin s'élèvent de gigantesques bâtiments. Ce n'est pas du tout la petite ferme dans la prairie dont j'avais rêvé ! C'est une énorme exploitation agricole avec étables, salle de traite, zone d'ensilage, fosse à lisier aux proportions terrifiantes, silos à grain et à fourrage, hangars où parquer les tracteurs, les moissonneuses et autres engins, une maison sur deux niveaux recouverte de crépi gris et à côté des bâtisses en pierres beaucoup plus anciennes, presque entièrement recouvertes de végétation et qui ont peut-être servi en un temps de bergerie ou de poulailler.

Tandis que le ciel noircit, j'aperçois en descendant de la voiture un curieux dragon très finement sculpté dans la pierre sur le pignon du premier bâtiment. Il semble posté là comme un avertissement. C'est l'animal emblématique de la région. J'avance vers la maison grise, j'appelle, frappe aux portes, aux fenêtres, place mes mains en œillères et colle mon visage aux vitres poussiéreuses pour scruter l'intérieur. La maison n'est pas vide, peut-être abandonnée. Une énorme antenne parabolique toute rouillée est accrochée à mi-hauteur sur la façade. Des piles de dossiers au nom d'un certain Fischer s'entassent dans le bureau, des livres, un canapé. La végétation a colonisé la terrasse et les plates-bandes autour de la maison. Les roses jaune pâle, les fleurs de lupins violettes, les glaïeuls rouge vif, les buddleia mauves, le millepertuis et les ajoncs égayent ce décor désolé. Dans l'une des étables, une dizaine de vaches barbotent dans leurs excréments et une odeur pestilentielle. Pourtant, le foin qui a été déposé dans leur auge semble frais. Qui les nourrit ? Quelqu'un vit-il encore ici ?

Un vieil arbre noueux trône devant la maison, au centre exactement de l'exploitation, il se tord comme s'il se déhanchait, ses vastes branches semblent étirer les bras. Il est évident qu'il a connu Jack, Maritta et leur fils, qu'il sait tout et ne dira rien. Des tracteurs et 4 × 4 à moitié démantelés, des morceaux de ferraille, de barrière, de silo sont éparpillés autour des bâtiments. Et, tout au fond de la propriété, une décharge d'engins blessés de guerre, des gueules cassées spectaculaires. Le cimetière des dinosaures. L'un d'entre eux, une épave de tracteur, est exposé à l'entrée de la ferme. Son cadre métallique rongé par la rouille, supporté par une énorme roue crevée, laisse songeur. Le cheval de saint Paul sur le chemin de Damas ou Rossinante sans Don Quichotte ?

N'est-ce pas sur son tracteur que Jack a entendu le *Holy Spirit* ? Je le vois dans son champ dominant la falaise, assis à l'intérieur de la petite cabine, cahotant sur les mottes de terre dans un bruit d'enfer, et soudain, cette lumière... L'histoire ne dit pas que Jack tombe à terre, mais son crâne s'ouvre quand même. L'exégèse racontera un jour que c'est parce que la lumière venant du ciel l'a enveloppé de clarté qu'il est tombé à terre, que son crâne s'est ouvert et qu'une voix lui a dit : *Jack, become a doctor*, qu'il entendait la voix mais ne voyait personne, qu'il perdit la vue et resta sans manger pendant trois jours.

Qu'est-ce qui compte à la fin ?

De retour en France, j'appelle Jack sur son portable anglais pour lui raconter mes aventures galloises, Father Cunnane, Gernos et St Dogmaels...

— Mais racontez-moi, vous, Jack, où êtes-vous ?

— Nous sommes à Diss maintenant, dans le Norfolk.

— Nous ?

— Je suis avec Cathy.

— Cathy de Gernos ?

— Oui, Cathy en dents de scie.

Jack m'en bouche un coin. Comment lui, le vieux grincheux de 88 ans, continue de jouer les Don Juan ! Ils ne s'étaient pas vus depuis trente ans. La vie leur a accordé un sursis, une extension d'amour, la possibilité de jouer les prolongations.

— Venez nous voir pour Noël, *dear Jane* ! m'enjoint Jack chaleureusement.

— Mais Jack, vous avez oublié que vous ne me supportez pas ?

Quelques jours avant Noël, je prends le train, les trains devrais-je dire. Aller de Paris à Diss est aussi long que de prendre l'avion pour Calcutta. Je suis la seule à descendre dans cette petite gare de campagne anglaise, il fait nuit noire, le quai est éclairé d'un faible lampadaire sous lequel j'aperçois deux silhouettes frêles emmitouflées : Jack et Cathy.

J'ai gardé en mémoire une image très précise de ces deux personnages qui attendent sur le quai d'une gare, dans un halo de lumière tremblotante ou un projecteur de cinéma, deux êtres qui se situent à ce moment-là à la lisière du réel et de la fiction. Cette vision m'émeut parce qu'elle représente un couple ancien que l'amour n'a pas flétri, et parce que c'est la première fois que Jack vient me chercher quelque part. Il porte un épais bonnet de laine grise un peu trop large. Il tient sa canne d'une main, Cathy de l'autre. Cathy est toute menue, éclatante de joie, les yeux pétillants, elle a enveloppé sa tête dans un gros châle à fleurs. Ils sont comme deux oiseaux égarés dans la nuit, pas si différents des deux amoureux qui avaient pris le bateau un jour pour l'Irlande.

Nous marchons jusqu'à la voiture. Cathy s'installe au volant, à gauche, Jack à sa droite. C'est une voiture française. Cathy a conduit sa vieille Peugeot 306 depuis la Dordogne où elle a vécu avant de retrouver Jack. Elle aussi a eu plusieurs vies, plusieurs mariages, quatre enfants et un grand amour, Jack.

Nous traversons la cité endormie jusqu'à une allée de graviers. Le foyer de Jack et Cathy est une maison de poupée, ornée d'un jardin dans lequel s'entasse une montagne de bûches. Sur deux niveaux, elle est faite de poutres et plafonds bas, de recoins, de couloirs tarabiscotés et de cheminées. On me présente la chienne, Lina, et immédiatement je me sens bien dans ce lieu qui sent le feu de bois, le pain grillé et la soupe d'hiver. Dans la petite salle à manger, une banquette en fer forgé recouverte de tissu en toile de Jouy me rappelle le lit de ma grand-mère. La table est dressée, Jack a prévu une bouteille de vin rouge et Cathy a préparé un potage aux carottes et aux oranges. Elle me tend une serviette brodée. Nous allumons une bougie.

Si je n'avais pas connu la vie de Jack, j'aurais pu croire à un vieux couple ayant passé toute son existence dans ce cottage anglais, j'aurais imaginé leur vie paisible, sans vague ni exploit, avec des enfants, des petits-enfants, des joies et des douleurs. Je pourrais croire à cela, et la douceur qui émane d'eux à ce moment-là, dans cette adorable salle à manger, me ferait presque oublier leur vie en dents de scie, la chambre du *Number 10,* les lépreux de Calcutta et la ferme de Gernos. Qu'est-ce qui compte à la fin ?

Jack lit la presse sur son ordinateur grâce à une loupe sur mesure que lui a fabriquée un ami et ne cesse de se tenir au courant des nouvelles de Calcutta Rescue et du

Bangladesh. Quand il se terre dans son bureau au premier étage de la maison de poupée, il est en Inde. Le bâtiment du *Number 10* a été abandonné pour investir une école plus grande et plus claire dans un quartier voisin. Tous les jours que je passe avec eux, dans la petite maison de Diss, j'observe Jack scrutant sur Internet les derniers rebondissements de l'affaire des enfants de Dattapara. L'histoire date de 1977 : des enfants ont été enlevés au Bangladesh par les membres d'une ONG pour être vendus à des familles d'adoption en Europe, notamment aux Pays-Bas. L'enquête a en effet été rouverte : sur 35 enfants adoptés, 14 ont aujourd'hui été retrouvés. Que sont devenus les autres ? Jack ne pense qu'à ça, il écrit aux journalistes, aux avocats, aux ONG de défense des droits de l'enfant, en Angleterre et en Hollande, pour témoigner et faire rejaillir l'affaire, quarante-trois ans après ! Cathy dit : *Jack never gives up.* Elle en sait quelque chose. Il est peut-être le seul au monde à n'avoir pas oublié ces enfants perdus. Ces enfants abandonnés de tous. Ces enfants qui ne sont pas les siens.

Saint Paul

Je ne prétends toujours pas connaître Jack, ni même l'avoir compris, mais l'homme que j'ai rencontré m'a appris, sans le savoir, quelque chose d'essentiel : nous ne sommes que des hommes. Des hommes et des femmes qui titubent, échouent, manquent. Des êtres maladroits, fragiles, lâches.

Les saints et les héros n'existent-ils que dans les mythes ? Moi qui suis restée une enfant, qui sont mes héros ? On nous parle de guerres, de dérèglement climatique et de terrorisme, mais qui nous parle d'amour, d'attention et de beauté ?

Jack représente tout ce que je n'ai pas, tout ce que je ne suis pas, tout ce qui me manque peut-être. Jack me rappelle cette phrase de saint Paul que j'ai toujours trouvée trop sévère, trop accablante pour l'humanité, et que je lis aujourd'hui avec davantage de compassion : « Il n'y a point de juste, non pas même un seul. (...) Il n'y a personne qui fasse le bien, pas même un seul. » Ça voudrait dire qu'un homme bon, complètement bon, bon dans tous les domaines et toutes les actions de sa vie, n'existe pas ? Et même cet homme qui va, presque pieds nus, soigner sans relâche les plus démunis, n'est pas un saint. C'est un sacré type, certes, mais ce n'est qu'un homme. Un homme avec ses imperfections, ses cicatrices et sa paternité ratée. Un animal tapi dans sa tanière pour cacher ses infirmités. Découvrir les fêlures de Jack me procure autant de déception que de soulagement. Ses failles me le rendent infiniment humain. Et il m'aide à pardonner à un autre père, le mien. Il m'aide à aimer.

J'ai été séduite d'abord par ce Don Quichotte des Indes, cet homme qui a dédié sa vie aux autres, ce type hors du temps, ce cœur blessé et barricadé, tiraillé en dedans, ce vieil ours bougon capable de décocher des sourires espiègles.

Puis, en écrivant, j'ai déconstruit peu à peu ce pourquoi j'avais commencé à écrire sur Jack.

Et parmi les cailloux de l'édifice en ruine, j'ai trouvé des origamis en papier japonais.

Au-delà de ses fissures, Jack n'a jamais perdu la vision de son utilité.

Au-delà de la pierre qui recouvre ma mère, il y a un oiseau qui sillonne la Terre.

Peu de personnes vous élèvent ainsi.

On dit que les « héros » sont des êtres fabuleux.

Je prétends que ce sont des oiseaux de toutes les couleurs.

Ces deux-là m'ont appris à regarder : lui qui ne voit plus très bien, elle qui veille là-haut sur la colline, toujours prête à s'envoler.

REMERCIEMENTS

À ceux qui, de près ou de loin, souvent sans le savoir, m'ont inspirée, aiguillonnée, encouragée. Écrire, c'est aussi tisser des liens souterrains avec un ensemble d'êtres – morts, vivants, réels, fictifs – qui peu à peu forment une famille imaginaire, symbolique, spirituelle.

À Jack et Cathy Preger, Benoît Lange et toutes les personnes qui rendent possible Calcutta Rescue.

À tous les médecins, soignantes et infirmières de l'Institut Gustave-Roussy, de la Maison Jeanne-Garnier et de l'hospitalisation à domicile pour leurs soins et leur dévouement.

À Isabelle Gallimard et Jean-Michel Décimo pour avoir cru en ce livre.

À Maud Perez-Simon, Emma-Jane Kirby, Olivier Frébourg, Caroline Bokanowski, Jean-Paul Kauffmann, Caroline Laurent, Sarah Gysler, Céline Foo pour leur soutien et leurs lectures avisées.

À mes sœurs pour leurs confiance.

À Vincent, pour la lumière.

Composition : PCA/CMB Graphic
Achevé d'imprimer
par CPI Firmin-Didot
à Mesnil-sur-l'Estrée, en décembre 2022
Dépôt légal : décembre 2022
Numéro d'imprimeur : 173065

ISBN : 978-2-7152-6046-7/Imprimé en France

546420